예절

알아야 할까
몰라도 될까

'예절' 알아야 할까 몰라도 될까

초판 발행 | 2022년 3월 30일
초판 인쇄 | 2022년 7월 5일
재판 발행 | 2022년 7월 7일

글쓴이 | 손세현
펴낸이 | 장호병
펴낸곳 | 북랜드
　　　　06252 서울 강남구 강남대로 320, 황화빌딩 1108호
　　　　41965 대구시 중구 명륜로12길 64(남산동)
　　　　대표전화 (02)732-4574, (053)252-9114
　　　　팩시밀리 (02)734-4574, (053)252-9334
　　　　등록일 | 제13-615호(1999년 11월 11일)
　　　　홈페이지 | www.bookland.co.kr
　　　　이-메일 | bookland@hanmail.net
책임편집 | 김인옥
교　　열 | 전은경 배성숙
ⓒ 손세현, 2022, Printed in Korea

ISBN 979-11-92096-74-2 03810
ISBN 979-11-92096-75-9 05810 (E-book)

예절
알아야 할까
몰라도 될까

손세현 글

북랜드

머리말

　우리 조상들은 예의와 염치를 알고 실천하며 살아왔습니다.

　아무리 가난해도 체면을 알고 사람답게 살고자 노력하였습니다. 비록 생활이 어려운 가운데에서도 웃어른을 공경하고 섬기며 돌아가신 조상에게도 정성을 다하는 예를 갖추었으며 형제간에 우애하며 친척 간은 물론 이웃에게까지 인정을 나누며 관·혼·상·제례의 예법을 갖추며 살아온 동방예의지국의 민족입니다 .

　그러나 지금은 정신적인 가치에 앞서 물질적인 풍요를 중시하고, 다른 사람을 배려하기보다는 자신을 위주로 살아가고 있는 현실입니다.

　말을 함부로 해서는 안 될 언어예절과 차례를 존중하고 자기 욕심을 챙기지 않는 질서의 예절이 있습니다. 될 수 있는 대로 말은 고운 말로 쉬운 말로 하며 자기가 하는 말을 상대가 쉽게 알아듣도록 해야 합니다.

　오늘날은 산업화와 도시화로 인해 핵가족화하여 종

래의 부름말이나 걸림말을 배울 기회가 없어 잃게 되었으며, 또 쓰지도 않게 되어 상대를 어떻게 불러야 할지 몰라 당황하는 경우가 많습니다.

젊은 세대에서는 우리의 전통 언어예절이 관심 밖으로 밀려나 잘못된 언어와 외래어 신조어의 범람 속에서 살고 있습니다.

우리의 말에는 깊은 정신의 뿌리가 있으므로 우리말의 참 가치를 알아야 할 것입니다.

우리가 일상생활에서 꼭 알아야 할 언어예절과 관·혼·상·제례의 예절을 알기 쉽게 간단하게 여러 예절관련 책 속에서 발췌하고 옛것을 밑바탕으로 현실에 맞는 재미나는 한 권의 책을 엮게 되었습니다.

조금이라도 언어예절과 생활예절 실천에 도움이 되어 우리들의 공동체 삶에 아름답게 꽃피울 수 있었으면 좋겠습니다.

끝으로 원고를 다듬고 정리함에 있어 노고를 아끼지 않은 관계자 여러분께 감사합니다.

2022년 봄

손 세 현

차례

호칭에 '님'

여러 사람이 모여 하나의 사회를 구성하고 살아가는데 언어(言語)가 참 중요하다. 언어는 사회를 결집(結集)하고 새롭게 창조해 나가는 역할을 한다. 언어는 항상 변화한다. 때론 빠르게 때론 느리게 언어의 변화 속에서 혼란이 오기도 한다. 그중에서 중요한 호칭(呼稱)과 지칭(指稱)을 제대로 알았으면 한다.

가정언어(家庭言語)에서 부름말 뒤에 '님'이라는 말을 붙여 부름말로 사용하고 있다. 여기에서 알아야 할 것은 '나'와 '남'이라는 두 집단에 대한 한계(限界)를 확실히 알아 두어야 한다.

나를 중심으로 하여 핏줄로 계산이 되는 사람은 모두

'나' 자신과 같은 집단이다. 핏줄로 계산이 되지 않는 사람이 '남'이다. 자신의 친가(親家)가 '나'의 집단(集團)이 되고, 나의 외가(外家)와 고모(姑母) 집도 핏줄로 계산이 되기 때문에 '나'의 집단이다. 자기 자신을 스스로 존칭(尊稱)할 수 없기 때문에, 친가(親家) 사람들과 외가와 고모(姑母) 집 사람들에게는 '님'이라는 말을 사용할 수가 없다.

고모는 '나' 자신과 같은 집단이지만, 고모남편(고모부:姑母夫)은 '남'이다. 누나도 '나' 자신과 같은 집단이지만, 누나남편(자형:姉兄)은 '남'이다. 고모와 누나는 친가 가족이지만 그의 남편은 나 자신과 아무런 핏줄의 계산이 되지 않는 '남'이다.

남자 쪽에서는 처부모(妻父母)가 '남'이다 보니 '장인님' 또는 '장인(丈人)어른'으로 부른다. 처모(妻母)는 '장모(丈母)님'으로 부르는 것이다. 아내 쪽에서는 시부모(媤父母)가 '남'이다 보니 '아버님' '어머님'으로 부른다.

만약 남편이 데릴사위{췌서(贅壻)}로 처가에 들어간 경우는 그 처부모를 며느리처럼 '아버님' '어머님'이라는 부름말을 사용하여야 한다. 데릴사위로 말하면 '장가든' 것이 아니고 '장가간' 것으로 그 아내집이 곧 자기 집으로 바뀌기 때문이다. 데릴사위의 아들·딸이 태어나면 그 데릴사위의 성씨를 따르지 아니하고, 아내 성씨를 따르면서 그 집 유산을 모두 물려받기 때문에 '장인님' '장모님'이 되지 않고 '아버님' '어머님'이라고 해야 한다.

여자가 시집가서 '시부님(媤父)' '시모님(媤母)'이라고 부르지 아니하고 '아버님' '어머님'이라고 불러야 되는 까닭은 친정을 버리고 시집으로 가서 영원히 그 시집 사람이 되는 것이기 때문이다.

'아버님' '어머님'이라는 말의 뜻은 자신을 낳은 아버지 어머니가 아니라는 뜻에다가 권도(權度)에서 이룩된 아버지 어머니라는 뜻이다. 권도란 법칙(法則)이라는 뜻이다.

자기를 낳은 부모를 부를 때는 '아버지' '어머니'라고 해야 되고 권도에 의해 이룩된 부모를 부를 때는 '아버님' '어머님'이라고 불러야 된다. 그렇기 때문에 '아버지' '어머니'라는 말은 아들·딸이 사용하는 부름말이다. '아버님' '어머님'이라는 말은 며느리·데릴사위만이 사용하는 부름말이다. '할아버지' '할머니'라는 말은 손자 손녀들이 사용하는 부름말이고, '할아버님' '할머님'이라는 말은 손부(孫婦)만이 사용하는 부름말이다.

남자의 경우 자신의 친가를 지키지 아니하고 밖으로 나가는 경우 세 가지가 있는데 하나는 중(僧:승)으로 나가는 길이고, 다른 하나는 데릴사위로 나가는 길이다. 또 다른 하나는 양아들(養子:양자)로 들어가는 길이다.

'님'이라는 말을 정리해 보면 핏줄로 계산되는 친가(親家)와 외가(外家)와 고모(姑母) 집에서는 '님'이라는 부름말을 사용할 수 없다는 것이다.

'님'이 잘못 사용된 곳이 있는데 남자 형제들 사이에 그 아우가 형을 부를 때 '님'을 붙여서 '형님'이라고 말하는 것이다. 장가들기 전에는 아우가 '힝아'라고 사용하다가 장가들고부터 '형님'이라는 부름말을 사용했던 것이다. 이제부터라도 '님'이라는 말의 사용 원칙대로 '형님'이라는 부름말을 버리고 '형아' '힝아'로 부르는 게 맞지 않을까? 아버지한테도 '님'을 붙이지 않는데 형한테

붙이는 것은 한번 생각해 볼일이다.

여자 형제들 사이에는 그 아우들이 꼭 '힝아'라는 부름말을 사용하고 있다.

호칭예절을 바르게 알아 올바른 언어생활이 생활화되도록 하여야 할 것이다. 가까울수록 윤활유 같은 바른 호칭과 지칭으로 우애를 돈독히 쌓아야 되지 않을까?

처가촌수 妻家寸數

    아내의 친정집을 처가(妻家)라 한다. 처가로 장가든 사람을 취객(娶客) 또는 백년손(百年손)이라 한다. 아무리 자주 드나들어도 백년손 자격을 벗어날 수가 없다. 안방이나 사랑방을 드나들 수 있는 특별한 손님이 장가든 취객을 '귀한손님'이라고도 한다. 취객이 손질로 가면 올바른 언행(言行)으로 예의를 갖추어야 되지 않을까?

    처갓집 촌수(寸數)를 간략하게 정리해 보면,

    처갓집 여자들 중에 장모급과 장조모급에게는 말을 〈예, 저……습니다.〉라는 공경말을 사용해야 된다. 그 아래 여자들에게는 모두 〈예, 나(내가)……습니다.〉라는 '삼가말'(조심하는 말)을 사용해야 한다. 취객이 장모급과 그보다 윗급에게 절을 하게 되면 처갓집 부인들도 정도의 차이는 있지마는 자신들도 절을 해야 되기 때문에 처갓집 부인들이 절하기를 서로 그만두자고 하는 수가 많다. 그리고 처제(妻弟), 처남딸(妻娚女息), 처남손녀가 어리더라도 〈나(내가)……습니다.〉 말인 '삼가말'을 사용해야 된다. 처갓집 사람이 치마만 둘렀으면 누구에게나 '공경말' 또는 '삼가말'을 사용해야 된다. 장인급과 그보다 윗급을 제외한 모든 처갓집 남자들에게는 열 살까지 벗이 될 수 있다. 말은 〈자네……하게.〉 말을 쓴다. 처갓집에 가서 오래도록 머물러 있지 않고 들렀다가 곧 돌아온다는 뜻인 '장가들다'라는 말을 잊지 말아야 한다.

아내 할아버지의 부름말은 '장조(丈祖)어른', 할머니는 '장조모님'이라 한다. 말은 〈저……습니다.〉라는 '공경말'을 사용해야 한다.

아내 아버지와 어머니의 부름말은 '장인어른' '장모님'이라 한다. 말은 〈예, 저……습니다.〉 말인 '공경말'을 사용해야 한다. 장인(丈人), 장모(丈母)라는 말 대신 악장(岳丈), 악모(岳母) 또는 빙장(聘丈), 빙모(聘母)라는 부름말이 있다. '악'과 '빙' 자는 소리가 좋지 않아서 잘 사용하지 않는다. 장모님은 사위한테 '하게말'을 해야 한다.

아내의 삼촌(三寸)과 숙모(叔母)의 부름말은 '처삼촌어른' '처숙모님'이라 한다. 말은 〈예, 저……습니다.〉라는 '공경말'을 사용한다. 처숙모는 질녀남편한테 〈나……습니다.〉 말인 '삼가말'을 사용한다.

아내 고모(姑母)의 부름말은 '처고모님'이라 한다. 말은 〈저……습니다.〉 말인 '공경말'을 사용한다. 처고모는 친정질녀남편에게 〈나……습니다.〉 말인 '삼가말'을한다.

아내의 오촌(五寸)과 종숙모(從叔母)의 부름말은 '처오촌' '처종숙모님'이다. 처오촌에게는 '어른'이라는 말을 붙여 사용하지 않는다. 말은 〈저……습니다.〉 말인 '공경말'을 사용한다. 처종숙모는 종질녀남편에게 〈나……습니다.〉 말인 '삼가말'을 한다.

아내의 오빠와 남동생은 모두 '처남(妻男)'이라고 부

른다. 걸림말도 '처남'이다. 말은 〈하소말과 하게말〉인데 나이를 봐 가면서 한다. 처남은 누나남편(자형:姉兄)한테는 〈저……습니다.〉 말인 '공경말'을 사용한다. 누이남편(妹夫:매부)한테는 '하게말'을 한다.

처가에 동급끼리는 '님'을 붙이지 않는다. 처(妻)의 오빠를 '처남'이라 해야지 '형님'으로 부르면 절대 안 된다.

아내의 오빠댁과 남동생댁의 부름말은 모두 '처남댁'이다. 걸림말도 '처남댁'이다. 말은 〈습니다.〉 말인 '삼가말'을 사용해야 한다. 손위 처남댁을 '처수(妻嫂)'라 하는 말은 잘못된 말이다.

처의 언니에 대한 부름말은 '처형'이고 걸림말도 처형이다. 말은 〈저……습니다.〉 말인 '공경말'을 사용해야 한다. 처형은 아우남편에게 말은 〈나……습니다.〉 말인 '삼가말'을 사용한다.

처의 여동생에 대한 부름말과 걸림말은 처제(妻弟)라고 한다. 말은 〈나……습니다.〉 말인 '삼가말'을 사용해야 한다. 처제한테 낮춤말은 잘못된 말이다.

처삼촌까지만 '어른'이라 붙이고 그다음 촌수부터는

(처사촌, 처오촌…) 촌수(寸數)로 부른다.

처사촌에 대한 부름말과 걸림말은 '처사촌'이다. 처사촌을 처남 또는 종처남이라고 불러서는 안 된다. 말은 '하게말'과 '하소말'인데 나이를 봐 가면서 한다.

처사촌댁의 부름말과 걸림말은 '처사촌댁'이다. 말은 〈나……습니다.〉 말인 '삼가말'을 사용해야 한다. 처사촌댁을 '처남댁' 또는 '종처남댁'이라 부르면 안 된다.

처남아들을 처조카라고 하는데 부름말은 '이름 부르기' 또는 '자네' 라고 한다.

걸림말은 처조카 또는 처남아들이라고 한다. 처남아들은 고모남편을 보고 '새아재'라고 부른다.

처남딸의 부름말은 없다. 꼭 불러야 될 경우는 '처남딸' 또는 '처질녀'라고 부른다. 걸림말은 '처질녀' 또는 '처남딸'이다. 말은 〈나……습니다.〉 말인 '삼가말'을 사용해야 한다. 처남딸은 고모남편을 보고 '새아재'라 부른다.

처남며느리의 부름말은 없다. 걸림말은 '처남며느리' 또는 '처질부'라 한다. 말은 〈나……습니다.〉라는 '삼가말'을 사용해야 한다. 처남며느리는 시고모남편을 '새아주버님'이라고 부른다.

친가(親家) 호칭과 처가(妻家) 호칭은 구분되어있다. 친가 호칭을 처가에서 사용하면 안 된다. 친가 호칭 '형님'을 처가 손위처남과 손위 동서를 보고 '형님'이라 부르고, 처가 장인어른 장모님을 아버지 어머니라고 부른다면 친가와 처가 호칭에 혼선이 온다.

현대 사회를 살아가는 우리들은 누구나 바른 호칭 예절을 알고 실천하였을 때 인간관계가 두터워지지 않을까?

동서同棲와 동서同婿

동서(同棲)와 동서(同婿=壻)는 서로 발음이 같아서 혼란스러울 경우가 있다.

동서(同棲)란 시집온 며느리들 사이에 대한 걸림말이다. 즉, 형제의 아내끼리를 일컫는 말이다. 서(棲:새 깃들일 서) 자(字)는 형제와 함께 한집에 깃들어 사는 것. 즉 시아버지가 고목나무의 뿌리면 그 며느리들은 그 고목나무의 가지가 되는 것이다. 시아버지를 둘러싼 질서 아래 영원히 함께 산다는 뜻으로 며느리 사이의 말이다.

동서(同棲)끼리 사용하는 부름말은 손아랫동서가 손윗동서한테 '형님'이라고 부른다. 전통적으로 동서(同棲)는 남편에 따라 서열이 정해지므로 윗동서의 나이가 본인보다 적더라도 남편을 따르다 보니 '형님'이라 부르고 말은 존댓말을 사용하는 것이 바람직하다. 시집온 부인들은 영원이 함께 살게 될 권도(權度)의 형제가 되기 때문이다.

손윗동서가 손아랫동서의 부름말은 '자네' '여보게' '새댁', 동서가 여럿일 경우는 택호(宅號)를 앞에 붙여 '부산새댁' '서울새댁' '밀양새댁'……이라는 부름말을 사용하든지 아니면 차례(둘째 새댁, 셋째 새댁…)를 앞에 붙여 부른다.

'동서(同棲)'라고 부르면 안 된다. 동서는 걸림말이지 부름말이 아니다. 말은 꼭 '하게 말'을 사용해야 한다. 집안 어른에게는 윗동서는 '형님'이고, 아랫동서는 '새댁'이라고 말씀드린다.

동서(同婿=壻)란 서로 '귀한손님' 또는 '백년손' 자격으로 만난 췌객(贅客)들끼리 서로 걸림이 되는 말이다. 즉 자매(姉妹)의 남편끼리를 일컫는 말이다.

서(婿=壻:사위 서) 자(字)는 '사위'를 일컫는 글자이다. '사위'란 딸 남편을 일컫는 걸림말이기에 '사위' 또는 '서(婿=壻)'라고 하는 말은 장인(丈人) 장모(丈母)만이 사용할 수 있게 된다. 이러하기 때문에 손서(孫壻), 질서(姪壻)라는 말은 맞지를 않다. 손녀남편(孫女夫:손녀부), 질녀남편(姪女夫:질녀부)이라는 말로 바꾸어 사용하면 좋을 것 같다.

동서(同壻)끼리 사용하는 부름말은 나이가 8년 이내의 경우는 서로 '○ 서방'이라고 하고 말은 '하게말'을 사용한다.

나이 차이가 9년 이상 나는 경우 손윗동서는 손아랫동서 보고 '○ 서방', 손아랫동서는 손윗동서에게 '동서(同壻)'라고 부른다. 그리고 말은 '하소말'을 사용한다. 손윗동서라고 '형님'이라는 부름말은 틀린 말이다. '형님'은 친가(親家)의 말이다.

뜻이 통하지 않는 말은 말이 아니라 소리인 것이다.

말하는 사람이 부름말(호칭)과 걸림말(지칭)을 잘못 쓰면 예의 없는 사람이 되지 않을까 싶다. 동서(同棲)와 동서(同壻)의 말뜻과 관계를 잘 알아 제대로 된 언어를 사용하려면 마음과 행동과 말씨가 공경스러워야 서로가 공경하는 자리가 되지 않을까?

사돈査頓

사돈 관계는 너무 어렵고 조심스럽다. 오죽했으면 속 담에 '사돈네 안방 같다.'는 말이 나왔을까? 사돈 간은 워낙 어려운 사이라서 먼 이웃만도 못하다는 말도 있다. 그만큼 어려운 자리다. 사돈은 평생 삼가 조심할 자리 인데 요즈음 사돈 관계는 너무 가까워 살얼음판을 걷는 것 같다.

남편과 아내 두 사람의 친가(親家) 아버지끼리 서로 사돈(査頓)이고, 친가 어머니끼리 서로 사돈이다. 안과 밖의 계열이 다른 경우를 두고 바깥사돈과 안사돈이라 말한다. 바깥사돈과 안사돈의 경우는 내외법(內外法)이 있기 때문에 서로 말하지 아니함이 정중한 예(禮)를 지키는 것이다. 사돈끼리 말하기에는 서로가 〈저……습니다.〉 말인 '공경말'을 꼭 사용해야 한다.

친하게 지내는 벗끼리 사돈이 될 경우도 있다. 그럴 경우에는 지난날에 서로 사용해 왔던 '하게말'을 버리고 '공경말'을 사용해야 한다. 또 지난날 친분과 나이 차이로 한쪽은 '하게말'을 사용했고, 한쪽은 '공경말'을 사용해 왔던 두 사람이 사돈이 되었을 경우에도, 지난날 사용해 왔던 말하기를 버리고 서로가 〈저……습니다.〉 말인 '공경말'을 사용해야 한다.

요즈음 바깥사돈이 안사돈을 보고 '사부인', 안사돈이 바깥사돈을 보고 '사돈어른'이라고 하는 말은 잘못된 말이 아닐까. 없는 호칭을 억지로 붙이다 보니 어색할 따름이다. 서로 내외법에 의해 말하지 않음이 예(禮)를 지키는 것이다. 남자계열이든 여자계열이든 사돈끼리는 서로가 〈저……습니다.〉 말인 '공경말'을 사용해야 한다.

혼인으로 맺어진 집을 사가(査家)라고 한다. 남자계열에서 두 사가(査家) 사이에서 자기보다 윗세대 어른을 사장(査丈)이라고 하며, 부름말은 '사장어른'이 된다. 즉 사돈의 아버지·할아버지를 '사장어른'이라고 불러야 된다. 사장(査丈) 되는 이의 형과 아우가 모두 '곁사장'이다. 사장(査丈) 되는 분의 사촌형과 아우는 곁사장이 되지 않는다. 여자계열에서 사돈의 시어머니·시할머니를 '사장어른'이라고 불러야 된다.

곁사돈(査頓)이란 형이 자기 사돈을 맞이함에 있어서 아우가 그 곁에 앉아 있게 되는 것과, 아우가 자기 사돈을 맞이함에 있어서 형이 그 곁에 앉아 있게 되는 것을 곁사돈이라 한다. 남자 계열의 경우 형과 아우가 사돈에게는 곁사돈이 되고, 사돈의 형과 아우가 자신에게 곁사돈이 된다. 며느리의 숙부, 사위의 숙부들이 곁사돈이 되고, 며느리의 종숙, 사위의 종숙들은 곁사돈이 될 수 없다. 양쪽 숙부들끼리는 서로 곁사돈이 되지 않는다. 곁사돈끼리 서로 〈저……습니다.〉 말인 '공경말'을 사용해야 한다. 부인계열의 곁사돈끼리 말은 〈저……습니다.〉 말인 '공경말'을 사용해야 한다. 며느리의 친정 숙모들과 사위의 숙모들이 자기 곁사돈이다.

사하생(査下生)에게 사용해야 될 말은 남자계열의 사하생은 사돈의 아들 딸 며느리를 '사하생(査下生)'이라 한다. 남자계열이란 말하는 이나 듣는 이가 모두 남자다. 사하생이라도 자기 자신과 벗 나이(여덟 살)일 경우는 사하생에게 〈나……습니다.〉 말인 '삼가말'을 사용해야 한다. 아홉 살이 적은 사하생부터 그 아래에게는 '하게말'(이제 오시는 길인가. 우리 사돈 근력(筋力)이 좋으신가?)을 사용해야 한다.

부인계열 사하생(査下生)이란 말하는 이나 듣는 이가 모두 여자다. 여자사하생의 경우는 나이에 관계없이 모두 '나……습니다.' 말인 '삼가말'에다 '시'라는 말을 사용해야 한다.(우리 사돈 근력(筋力)도 그만 하십니까?)

남녀 혼선 사하생이란 말은 남자사장(査丈)에 여자사하생(査下生), 부인사장(査丈)에 남자사하생의 경우를 말한다. 엄격이 말하면 내외법이 적용되는 일이어서 말할 일이 없기도 하나 때론 말할 경우도 있다. 이런 경우 사장(査丈)은 〈나……습니다.〉 말인 '삼가말'을 사용해야 한다. 남·녀 사하생들끼리는 서로 부름말과 걸림말이 없으니 〈저……습니다.〉 말인 공경말을 사용해야 한다. '사형'이라는 부름말은 없다.

사돈관계는 아들이나 딸을 매개(媒介)로 해서 맺어지기 때문에 자신의 언행(言行)과 상대의 대접 정도가 곧바로 자녀에게 영향을 미치는 관계로 매우 어렵고 조심스러운 관계이다. 그런 의미에서 서로가 어렵고 서먹서먹해서 조심스러운 장소를 '사돈네 안방 같다.'고 하며, 자주 접촉하면 서로 단점을 알아 험담(險談)이 생길 우려가 있어서 '사돈집과 뒷간은 멀수록 좋다.'라는 속담이 나오지 않았을까?

가족·집안·일가·종씨

가정은 국가와 사회라는 큰 조직을 이루는 가장 기초적인 단위이다. 사람들이 대인 관계를 이루어가는 사회 생활의 출발이니 가족과 집안 일가(一家) 종씨(宗氏)의 범위를 제대로 알아야 되지 않을까 싶다.

먼저 '가족(家族)'은 부부를 중심으로 하여 그로부터 생겨난 아들, 딸, 손자, 손녀 등 가까운 혈육들로 이루어지는 집단이다. 또 한 호적에 실려 있고 실질적으로 한 솥의 밥을 먹는 구성원을 말한다.

호적법상의 가족은 큰아들 큰손자로 이어지는 혼인한 직계와 그에 딸린 혼인하지 않은 방계혈족이다. 할아버지와 할머니, 큰아들인 아버지와 어머니, 자기 그리고 혼인하지 않은 아버지의 동생과 누이, 자기의 형제자매를 말한다.

'집안'은 일가(一家) 가운데서도 촌수가 가까운 범위를 '집안'이라 한다. 집안이 되는 뚜렷한 한계는 없으나 고조(高祖) 이하 사람들 사이를 '집안'이라 한다.

'일가(一家)'란 한집을 뜻하는 말이다. 시조(始祖)가 같고 촌수(寸數) 계산도 되고 족보(族譜)도 함께 만들 수 있는 사람들 끼리를 '일가(一家)'라 한다. 부인의 경우는 '시집일가'와 '친정일가'가 있다. 시집일가는 시집이라는 말을 버리고 '일가'라 한다. 그 말은 그 집은 영원한 나의 집이 되기 때문이다. '친정일가(親庭一家)'의 경우는 반드시 '친정'을 앞에 붙여야 한다. 출가외인이기 때문이다.

종씨(宗氏)란 시조(始祖)는 같으나 촌수(寸數) 계산이 되지 않아서 족보(族譜)를 함께 만들 수 없는 사람들끼리는 '종씨(宗氏)'라고 부른다.

'계열말'에 있어서 충청도의 계열말에는 할아버지, 할머니, 아버지, 어머니, 아저씨, 아주머니라는 여섯 가지의 부르는 말이 있다. 경상도의 계열말에는 할배, 할매, 아배, 어매, 아재, 아주메, 아지매라는 일곱 가지의 부르는 말이 있다. 양쪽 모두 문화의 배경을 지닌 전통 말이다.

양쪽을 견주어보면 충청도 말 중에 잘못된 것은 종숙모(재종숙모……)를 부르는 말이 '아주머니'인가 하면, 형수(종형수……)를 부르는 말도 '아주머니'가 되어서 종숙모와 형수를 같은 급에 두었기 때문이다.

경상도 말에는 종숙모(재종숙모……)를 부르는 말이 '아주메'요, 형수(종형수……)를 부르는 말은 '아지매'로서 엄격히 나누어져 있다. '아주메' 말에 그 '아주'는 대단(大端:매우)함을 뜻하는 말이고, '아지매' 말에 그 '아지'는 소단(小端:작다, 낮다, 어리다)을 뜻하는 말이다. 또, 한 가지 잘못된 말은 '아재'라고 부르는 말에다가 '씨(氏)'를 붙여서 '아저씨' 또는 '아재씨'라고 부르면 자신의 친가 사람이 아니고 '남의 아재'가 된다. 친가 사람에게는 '님'과 '씨(氏)'를 붙이면 안 된다. '님'과 '씨(氏)'는 남을 공경해서 일컫는 말이다.

모르면 묻고 배우고, 알면 함께 할 때 세상은 더 아름다워지지 않을까. 가족과 집안 일가 종씨의 범위를 알고 행한다면 사회는 호롱불처럼 밝아지지 않을까 싶다.

촌수寸數 말

촌수란 두 사람 사이에 놓여 있는 핏줄의 마디를 수효로 나타내는 것을 말한다. 같은 가족이지만 멀고 가까운 관계를 말하려면 촌수로 말하는 경우도 있다. '촌수말'은 쓰일 곳이 별로 없는 말이다. 핏줄의 마디를 셈하는 학습에서나 유전학을 강의할 경우 사용될 수 있는 말이다.

직계는 촌수를 셈하지 아니함이 원칙이다. 만약 직계를 셈한다면 아버지도 1촌, 고조(高祖)도 1촌, 십대조(十代祖)도 1촌이다. 어머니도 1촌, 고조모(高祖母)도 1촌, 십대조모(十代祖母)도 1촌이기에 헤아릴 필요가 없는 것이다. 그 사이에 헤아림이 있다면 대수(代數)만 헤아린다.

촌수라는 것이 방계(傍系)를 위해서 나오게 된 것인데, 그 셈은 삼(3)부터 그 위로 일컫게 된 것이다.

형과 아우 사이가 이촌(二寸)이기는 하나 이촌(二寸)이라는 셈을 사용하지 않는다. 직계는 모두 1촌이다. 모르는 이는 십대조 십대조모를 열촌이라고 하는 이도 더러 있다. 이것은 방계를 셈하기 위하여 내어 놓은 셈법을 직계(直系)에다가 잘못 적용한 것이다.

남편과 아내는 서로 촌수가 없는 사이다. 촌수가 없는 것은 핏줄에 관계가 없는 사이라는 말이다. 남남끼리 만나 아들딸을 낳으니 그제야 그 아들딸에게 아버지가 되고 어머니가 되는 것이다.

아버지와 아들딸, 어머니와 아들딸 사이가 1촌이 되는 것이다. 형과 아우 사이는 서로 1촌과 1촌 사이가 되기 때문에 2촌이 된다. 마디 하나가 1촌이 되어 나가는 셈법으로 3촌 4촌 5촌 6촌 7촌 8촌 12촌 36촌으로 셈이 되어 나간다.

할아버지 쪽(直系:직계)을 중심으로 셈을 해보면

고조(高祖)만이 같으면 서로 8촌(2촌 × 4대) 형제 사
　　이가 되고,

증조(曾祖)만이 같으면 서로 6촌(2촌 × 3대) 형제 사
　　이가 되고,

할아버지만이 같으면 서로 4촌(2촌 × 2대) 형제 사
　　　이가 되고,

아버지가 같으면 서로 2촌(2촌 × 1대) 형제(친형제)
　　사이가 되는 것이다.

12대조(代祖)가 서로 같으면 24촌(2촌 × 12대)이
　　된다.

나의 15대조고(十五代祖考)와 너의 13대조고가 서
　　　로 같다면 피마디 28촌(2촌 × 15대=30 :
　　　30-2=28) 사이가 된다.

방계(傍系)

종조(從祖)로 말하면 4촌(2촌 + 2대) 사이가 되고,

재종조(再從祖)로 말하면 6촌(4촌 + 2대) 사이가 되
　　고,

삼종조(三從祖)로 말하면 8촌(6촌 + 2대) 사이가 되고,

아버지 형제로 말하면 3촌(2촌 + 1대) 이고,

아버지의 4촌 형제(종숙:從叔)로 말하면 5촌(4촌 + 1대)이 되고,

아버지의 6촌 형제(재종숙:再從叔)로 말하면 7촌(6촌 + 1대)이 되고,

아버지의 8촌 형제(삼종숙:三從叔)로 말하면 9촌(8촌 + 1대)이 된다.

형과 아우 사이에는 차례에 질서가 있는 동급(同級)이다. 크고 작음(大小)에 질서가 있는 상·하급이 아니다. 이러하기 때문에 '큰아버지-큰어머니', '작은아버지-작은어머니'라는 부름말은 잘못된 것이 아닐까. '맏아버지-맏어머니', '끝아버지-끝어머니'라는 부름말이 맞지 않을까.

옛날 대감마님이 밖에서 아이를 낳아 데리고 왔다. 손자와 함께 성장하고 있는데 어느 날 손자가

"할아버지 저 사람보고는 뭐라고 불러야 됩니꺼?"

갑자기 당황한 나머지 서자(庶子)자식이 장가들지 않았다고 '아재'라 할 수도 없고 해서 피마디 3은 맞으니까 '삼촌'이라 부르도록 하였다. 지난날 서삼촌(庶三寸)을 부를 때는 조카들이 '삼촌', 장가를 들어도 '셋째아버지' 또는 '끝아버지'라는 부름 소리를 들어 보지도 못하고 수효로 따지는 '삼촌'이라는 호칭만으로 한평생 살았다. 서자자식을 홀대(忽待)하는 말이다.

촌수말이란 서로 사이에 핏줄의 마디를 셈할 때만이 사용할 뿐이다. 다른 곳에서는 사용하지 않는다. 더군다나 직계에서는 촌수말이 어떤 경우에서든지 사용되어서는 안 되는 말이다.

친족의 계보와 촌수

(○의 숫자는 촌수 표지)

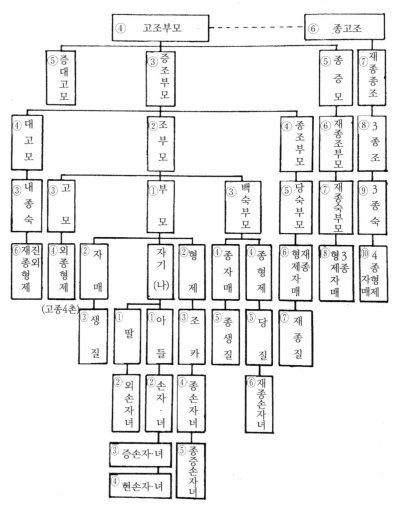

※외4촌(外四寸)은 내종(內從)이고, 고종사촌(姑從四寸)은 외종(外從)이다.
※아버지의 외가(外家)를 진외가(陳外家)라 한다(할아버지의 처가, 할머니의 친정).
※어머니의 외가(外家)는 외외가(外外家)라 한다(외할아버지의 처가, 외할머니의 친정).

모계촌법

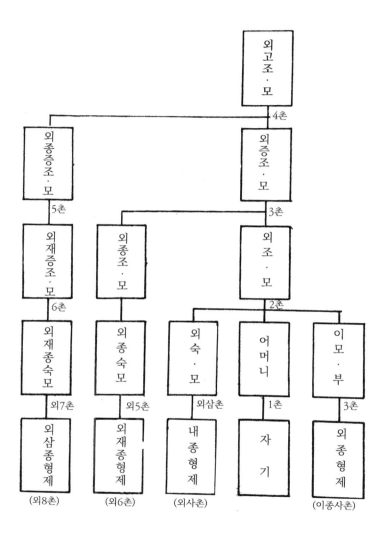

※외4촌(外四寸)은 내종(內從)이고, 고종4촌(姑從四寸)은 외종(外從)이다.
※ 여기서 외(外)는 외가(外家)를 나타내는 말일 뿐이다.

나이와 항렬行列

바른 호칭과 말을 써야 일가친척(一家親戚) 간에 우애(友愛)가 돈독(敦篤)해진다.

가까울수록 예절을 지켜야 한다.

나이와 항렬(行列)에 있어서 두 사람 사이에 어느 한쪽이 나이도 많고 항렬도 위가 되면 말하기에 어려움이 없다. 그러나 한쪽이 항렬은 위가 되나 나이는 아래가 될 경우 두 사람 사이에 말하기는 어떻게 해야 되는지 알아보자.

8촌 안에 든 친척은 항렬이 나이보다 앞서게 되고, 9촌 이상이 되는 경우는 나이가 항렬보다 앞서게 된다. '앞선다.'는 말은 윗자리에 오른다는 뜻이다.

항렬이 나이보다 앞서게 되는 8촌 안의 경우도 촌수가 8에 가까워질수록 그 항렬의 힘이 약하게 되는 것이다.

(예) 조카(55세) : 끝아버지 별고 없이 잘 계시지예?

끝아버지(45세) : 오냐 잘 있네. 요즘 코로나 땜에 조카는 어떻게 지내는가.

9촌 이상이 되는 사이에서 나이와 항렬이 서로 엇갈리고 있을 경우, 두 사람은 서로 '삼가말'인 〈습니다.〉 말을 사용하면 된다. 그 가운데서도 나이가 항렬보다 윗자리에 놓이게 된다.

(예) 족질(族姪, 65세) : ○○아재는 언제 오셨소.

족숙(族叔, 45세) : 저는 오늘 왔습니더.

○○어른은 언제 가십니꺼.

〈시집온 부인들끼리의 경우〉

자기 남편들 사이가 9촌 이상이 되는 경우에는 서로

가 '삼가말'인 〈습니다.〉 말을 사용하면 된다.

시집을 가서 부인이 되면 남편을 따르기 때문에 자기 나이는 없어지게 되고 나이 적은 '형님'이 있을 수 있다.

남자의 경우도 누나남편이 자기보다 나이가 적은 경우가 있을 수 있다. 이런 경우 누나남편이 자기 나이보다 적지만 누나를 중심으로 그이를 '새형' 또는 '자형(姉兄)'이라고 부르게 되는 것이다.

항렬과 나이 사이에서 생기는 질서는, 8촌 안에서는 항렬이 우세(優勢)하고, 8촌 밖 9촌 이상에서는 나이가 우세한다.

형제는 동급

　형과 아우는 동급이다. 그 동급은 앞뒤 차례로 질서
를 지니는 동급이다. 남편과 아내 역시 동급인데 그 동
급은 안과 밖을 질서로 지니는 것이다. 동급 사이는 어
른과 손아래가 없다. 형이 오십 살이 더 많더라도 형이
아우에게 어른이 되지 않는다. 형제간에는 크고 적음
(大小)의 질서가 아니기 때문에 앞뒤 차례의 이름이 되
어야 마땅하지 않을까 본다.

　백부(伯父) 중부(仲父) 숙부(叔父) 계부(季父)라는 말
이 차례를 말하는 것이다. '백부(伯父)' '계부(季父)'를
한글로 풀어보면 '맏아버지' '끝아버지'가 된다. 맏이를
뜻하는 것이 '백(伯:맏 백)'이고, 끝을 뜻하는 것이 '계

(季:끝 계)'다.

백부(伯父)를 큰아버지로, 백모(伯母)를 큰어머니로 부르는 곳이 많은데 이것보다 백부를 맏아버지로, 백모를 맏어머니로 부르는 것이 마땅하지 않을까. 그 이유는 형과 아우 사이는 차례에 질서가 있는 동급일 뿐 크고(大) 작음(小)에 질서가 있는 상·하급이 아니기 때문이다.

문밖절을 받게 되는 어른은 '아버지, 어머니, 할아버지, 할머니, 그리고 시아버지, 시어머니, 시할아버지, 시할머니'로 올라가는 직계와 '맏아버지, 맏어머니, 둘째 아버지, 둘째 어머니, 끝아버지, 끝어머니, 그리고 시맏아버지, 시맏어머니, 시끝아버지, 시끝어머니'로 올라가는 방계어른뿐이다. 직계와 방계는 부름말과 걸림말이 같다.

고모(姑母)가 문안절을 받기 때문에 부름말이 '아주머니'이고 걸림말은 '고모'다. 걸림말의 경우에도 '고모'라는 말 뒤에는 '님'이라는 말을 붙여서는 안 된다. 왜냐하면 '고모'는 할아버지의 딸로서 자신의 친당 속에 들어가는 사람이기 때문이다. 시고모(媤姑母)에 대한 부름말이 '아주머님'이고 걸림말은 '시고모'이다. 고모는 시집을 갔기 때문에 출가외인(出嫁外人)이라 문안절을 받는다. 고모가 시집을 가지 않고 나이가 많을 경우는 문밖절을 받는다. 문안절을 받는 사람에게는 부름말과 걸림말이 서로 다르다. 며느리 쪽에서는 '고모'라는 말 뒤에 '님'이라는 말을 붙여야 한다. '님'이라는 말은 핏줄이 계산되지 않는 사람에게 사용하는 것이기 때문이다.

　돌아가신 아버지를 일컬을 경우는 '저의 선고(先考), 저의 선친(先親), 저의 선인(先人)'이라는 말을 사용한다. 돌아가신 어머니를 일컬을 경우는 '선비(先妣)'라고 한다.

　한편 돌아가신 시아버지, 시어머니를 일컬을 경우에는 '지난날 저의 아버님' '지난날 저의 어머님'이라는 말을 사용한다.

　사람들은 사회생활을 하면서 많은 사람을 만나 관계를 맺고 살아간다. 이러한 관계 속에서 예의범절의 중요한 부분을 차지하는 것이 부름말이다. 특히 가족 간의 부름말은 윗어른께 여쭈어보고 제대로 알아 사용하였으면 좋겠다. 형제간에는 크고 적음(大小)의 질서가 아니기 때문에 앞뒤 차례의 이름이 되어야 마땅하지 않을까 본다.

절인사와 말인사

만남의 첫 인사가 참 중요하다.

인사는 사람을 섬기는 마음으로, 사랑이 담긴 마음으로 하는 것이 곱표[×]가 아닌 영표[○]가 아니겠는가. 절인사 말인사는 죽을 때까지보다는 살아있는 동안 해야 하는 것이 아닐까. 인사는 집 안에서 하는 인사, 집 밖에서 하는 인사 등 장소에 따라 인사하는 방법이 다소 다르다.

인사에는 절인사와 말인사로 나눌 수 있다. 만나면 미소를 앞세워 반갑게 절인사를 먼저 하고 난 후, 바라보고 다정다감하게 꿀맛 나는 말인사를 하는 것이 바람직하지 않을까 싶다.

인사는 많은 예절 가운데서도 가장 기본이 되는 표현이다. 인사만 잘 하여도 예(禮)는 반쪽을 딴 셈이다. 우리나라는 예로부터 기쁜 일이든 슬픈 일이든 먼저 절인사를 한 다음 말인사를 하였다. 요즈음 보면 절인사와 말인사를 동시에 하는 경우가 태반(太半)에다 절반(折半)을 보탤 정도다.

집 안에서 하는 절인사는 무릎을 꿇고 하되 문밖절과 문안절이 있다. 문밖절은 직계존속에게 하는 절이다. 절 받을 사람은 방 안에 계시고, 절을 올릴 사람은 방문을 열어 놓고, 문밖에서 머리가 바닥에 닿을 정도로 해서 절을 올린다. 문밖절을 올려야 될 어른은, 남자의 경우는 조부모, 부모, 백숙부모뿐이다. 부인의 경우는 친정조부모, 친정부모, 친정백숙부모와 시조부모, 시부모, 시백숙부모뿐이다. 직계존속이 아닌 사람에게는 문안절을 한다. 종조부모, 종숙부모를 비롯한 많은 사람들이 문안절의 대상이다. 고모의 경우는 평생토록 시집을 가지 않고 산다면 문밖절을 해야 한다. 출가외인이 아니기 때문이다.

절인사에 있어서 누워 계시거나, 식사를 하고 계시거나, 서 계실 경우는 절을 올려서는 안 된다. 절 받을 어른이 절 받을 준비가 되었을 때 절을 올려야 한다. 단 편찮으실 경우는 절인사는 생략하고 말인사만 하여도 된다. 공손하게 절인사를 먼저 하고 난 후, 어른 앞에 무릎 꿇고 앉아서 어른의 덕담을 먼저 듣고 말인사를 한다. 지금은 다소 아파트 생활구조로 환경의 지배를 받는다. 하지만 정성만은 변해서는 안 된다.

집 밖에서 하는 절인사와 말인사는 교실이나 강당 실내외 행사장 등이다.

교실에서 선생님께 인사하는 것을 보면 절인사와 말인사를 동시에 하고 있다. 절을 하면서 책상을 보고, 또는 교실 바닥을 보고 '안녕하십니까?' 한다. 그럴 때 책상이나 교실 바닥이 무슨 대답이나 할까? 섬기고 존경하는 마음으로 다소곳하게 절인사를 먼저 한다. 선생님도 같이 답배를 한다. 그다음 선생님을 바라보면서 미소 띤 모습으로 '안녕하십니까?'라며 말인사를 하고 선생님도 말인사로 답례한다.

길을 가다가 인사드릴 어른을 만나면 바쁘더라도 멈추어 서서 예의 바르게 절인사 먼저 하고 바라보면서 말인사를 하였을 때 칭찬을 들을 것이다. 칭찬은 귀로 먹는 보약이고 상처를 낫게 하는 치료제다.

악수를 할 적에도 상대의 손을 잡고 바라보면서 말인사를 해야 하는데, 뭐가 그리 바쁜지 악수는 앞사람과 하면서 옆 사람을 바라보고 말인사 하는 경우를 종종 볼 수 있다. 앞사람의 마음은 그 사람에게 등을 보이지 않을까? 걱정이 된다.

상대를 섬기는 마음으로 다정하게 인사를 나누면 그 사람 가슴 밭에 좋은 씨앗을 뿌릴 수 있지 않을까. 악수나 껴안는 인사는 수입 인사다. 현대는 서구의 영향으로 간단하고 편한 인사에 서서히 물들어 가고 있다.

선진국 외국인들의 인사하는 모습은 우리 젊은이들보다 예의가 더 바른 것 같다. 21세기는 예절 바른 나라가 세계 최강국이 된다고 했던가. 동방예의지국의 작대기를 다시 잡고 일어서야 할 것이다. 예(禮)의 불씨에 부채[扇子:선자]로 부치면 인생은 더욱 즐거워질 것이다.

바른 예절은 사람을 만들고, 사회생활에는 안정제가 될 것이다.

다 떨어져 가는 예의를 한 올 한 올 꿰매어보자.

절인사 말인사가 사이좋게 나누어 익어 가는 데는 밑천이 들지 않는다.

가정언어예절 家庭言語禮節

언어예절의 의미는 사회생활을 하려면 의사소통이 바르게 되어야 한다. 사람과 사람 사이에 의사소통을 하는 가장 좋은 방법은 말이며, 말은 의사소통의 수단이다. 말이란 의미가 담긴 소리로서 말에 담긴 의미와 밖으로 나타내려는 의사가 일치해야 비로소 그 말이 가치가 있다. 친척 간에 상호 촌수 및 부름말과 걸림말의 관계를 알아 두어 바른 부름말(호칭)을 사용하도록 지도해야 할 책임이자 의무다. 조상의 훌륭한 행적을 교훈으로 삼고 자손들에게 바른 언어예절과 인성교육으로 올바르게 살아가도록 가르치고 어른들의 아름답고 좋은 모습을 보여 줄 수 있는 부모가 되도록 노력해야 되지 않을까?

상대를 공경하려면 마음과 행동뿐만 아니라 쓰는 말씨와 어휘도 공경스러워야 비로소 원만한 대인관계가 이루어진다.

말은 일정한 생활문화권에서 약속된 어휘와 말씨로 해야 의사소통이 바르게 된다. 말에 대한 사회적 약속을 언어예절이라 한다.

어떤 사람을 직접 부를 때 쓰는 말을 순수 우리말로 '부름말', 한자말로는 '호칭(呼稱)'이라고 한다. 어떤 사람을 다른 사람에게 말할 때 가리키는 말을 우리말로 '걸림말'이고 한자말로는 '지칭(指稱)'이라 한다. 순수 우리말 칭호와 한자(漢字)말의 칭호가 섞여서 사용되고 있는 현실에서 말하는 사람이 호칭 또는 지칭을 잘못 쓰면 예의 없는 사람이 될 수 있다.

친인척(親姻戚) 간의 호칭(부름말)과 지칭(걸림말)에 대해 세분화해본다.

1) 자기에 대한 칭호

- 제 : 웃어른이나 여러 사람에게 말할 때
- 나 : 같은 또래나 아랫사람에게 말할 때
- 우리·저희 : 자기 쪽을 남에게 말할 때
- 선생님 : 제자에게 하는 칭호

2) 부모에 대한 칭호

- 아버지, 어머니 : 자기 부모를 직접 부르거나, 돌아가신 부모를 집안 가족 간에 말할 때
- 아버님, 어머님 : 남편의 부모를 직접 부르고 지칭하거나 남에게 말할 때, 부모에게 편지나 글을 쓸 때, 돌아가신 부모를 축문이나 지방에 쓸 때 (顯考: 현고, 顯妣:현비)
- 저의 아버지 : 남에게 말할 때 상대가 웃어른일 경우
- 우리 아버지 : 나와 같은 또래나 아랫사람일 때
- 선친(先親) 선고(先考) : 돌아가신 저의 아버지를 남에게 말할 때
- 선비(先妣) : 돌아가신 저의 어머니를 남에게 말할 때

- 너의 아버지, 자네 아버지 : 상대방의 아버지가 나의 아랫사람일 때
- 너의 어른, 자네 어른 : 상대방의 아버지가 나의 아랫사람일 때
- 아빠, 엄마 : 어린아이(초등학교 취학 전)가 자기의 부모를 부를 때(취학하면 '아버지', '어머니'라고 고쳐 불러야 한다.)
- 가친(家親), 자친(慈親) : 자기의 부모를 남에게 말할 때(한문식 칭호)
- 부주(父主), 자주(慈主) : 편지에 부모를 쓸 때의 한문식 표기
- 어르신, 어르신네 : 친구의 부모를 직접 부를 때(아버님, 어머님 ×)
- 부친(父親), 모친(母親) : 남에게 다른 사람의 부모를 말할 때
- 춘부장(椿府丈), 자당(慈堂) : 남에게 그의 부모를 한문식으로 말할 때
- 선친(先親), 선고(先考), 선비(先妣) : 남에게 자기의

돌아가신 아버지를 한문식으로 '선친' '선고'라 하고, 어머니는 '선비'라고 함.

- 현고(顯考), 현비(顯妣) : 축문이나 지방(紙榜)에 돌아가신 부모를 쓸 때
- 선고장(先考丈), 선대부인(先大夫人) : 남에게 그의 돌아가신 부모를 말할 때

3) 부부간의 칭호

- 여보, 당신 : 부부가 서로 부르거나 지칭할 때
- 영감, 부인, 임자 : 나이가 많아지면 부부가 서로 칭호 할 때
- 제 댁 : 자기 집이나 처가의 윗세대 친족 어른에게 자기 아내를 말할 때
- ○ 서방 : 친정 어른에게 자기 남편을 말할 때, 남편을 친정사람에게 말할 때
- 댁(宅) : 아내라는 뜻
- 부군(夫君) : 남의 남편을 높여서 하는 말
- 주인어른, 바깥어른, 부군(夫君) : 남에게 그 남편

을 말할 때

- 안[內]사람, 집사람, 내자(內子) : 남에게 자기의 아 내를 말할 때
- 주인, 바깥양반, 남편 : 남에게 자기의 남편을 말할 때
- 안어른, 부인, 영부인(令夫人), 합부인(閤夫人) : 상 대의 부인을 높여 말할 때
- 고실(故室) : 죽은 아내를 지방이나 축문에 쓸 때

4) 아들에 대한 칭호

- 애비 : 자녀를 둔 아들을 그의 아내나 자녀에게 말 할 때
- 가아(家兒) : 남에게 자기 아들을 겸손하게 일컫는 말. 돈아(豚兒), 가돈(家豚)이라고도 함.
- 아드님, 자제, 영식(令息) : 남에게 그의 아들을 높 여 말할 때
- 망자(亡子), 고자(故子) : 지방이나 축문에 자기의 죽은 아들을 말할 때

• 네 남편 : 며느리에게 그 남편인 아들을 말할 때

5) 딸에 대한 칭호

• 애, 너 : 시집가지 않은 딸을 직접 부르거나 지칭할 때

• ○실이 : 시집간 딸을 남편의 성을 붙여서 말할 때

• 딸, 여식 : 자기의 딸을 남에게 말할 때

• 따님, 영애(令愛) : 남에게 그 딸을 말할 때

6) 며느리에 대한 칭호

• 시부모는 아가, 새아가, 며늘아, 얘야 등으로 칭호함.

• 며늘애, 새아기, (낳은 아들, 딸의 이름을 붙여) ○○어미로 지칭함.

• 자기 며느리를 남에게 지칭할 때는 '며늘애'라고 지칭함.

• 자부 : 남에게 그 며느리를 말할 때 (남의 며느리)

• 자녀에게는 제수, 형수, 올케, 새언니 등 상대에 따라 칭호함.

- 손자 손녀에게는 네 어머니, 네 엄마, 네 어미로 지칭함
- 친척에게는 며느리, 며늘애, ○○처 등으로 지칭함
- 며느리의 친정 상대에 따라 따님, 자네 매씨(妹氏), 누나, 언니로 적절히 지칭
- 고부(姑婦)간 : 시어머니와 며느리 사이를 말할 때
- 구부(舅婦)간 : 시아버지와 며느리 사이를 말할 때

7) 사위에 대한 칭호

- ○ 서방, 자네 : 장인이 사위를 직접 부를 때
- ○ 서방, 자네 : 장모가 사위를 직접 부를 때
- 우리 사위 : 남에게 자기의 사위를 말할 때
- 네 남편, ○ 서방 : 딸에게 그의 남편인 사위를 말할 때
- 사위님, 서랑(壻郎) : 남에게 그의 사위를 말할 때
- ○ 서방 : 처가에서 장가온 남자를 부르는 말, 자기 남편을 친정 사람에게 말할 때

8) 시댁 가족에 대한 칭호

- 아버님, 어머님 : 남편의 부모를 부르거나 말할 때
- 밭시어른 : 남에게 시아버지를 일컫는 말
- 안시어른 : 남에게 시어머니를 일컫는 말
- 할아버님 · 할머님 : 남편의 조부모를 부르거나 말할 때
- 아주버님 : 남편의 형을 부르거나 가족 간에 말할 때
- 시숙 : 남편의 형을 남에게 말할 때
- 형님 : 남편의 형수나 누님을 부를 때
- 새아주버님 : 손위 시누이의 남편을 부를 때
- 되렴 : 총각시동생을 부를 때
- 아지벰 : 장가든 시동생을 부를 때
- 시동생 : 남에게 자기 남편의 동생을 말할 때
- 새댁, 자네 : 시동생의 아내를 부를 때(동서同棲 간)
- 동서(同棲) : 형제의 아내끼리를 남에게 이야기할 때 (걸림말)
- 새댁 : 손아랫동서의 부름말 '새색시'의 높임말
- 아가씨 : 처녀시누이를 부를 때

- ○ 서방댁 : 시집간 손아래시누이를 부르는 부름말
- 시누이 : 남편의 자매를 남에게 말할 때
- ○ 서방양반 : 손아래시누이의 남편을 부를 때

9) 형제간의 칭호

- 형 : 동생이 형을 부를 때. 집안의 어른에게 형을 말할 때
- 맏형, 둘째형, 셋째형…: 자기의 형을 남에게 말할 때
- 백씨, 중씨, 자네의 형님 : 남에게 그의 형을 말할 때
- 아우 : 남에게 자기 동생을 말할 때
- 아우님, 제씨(弟氏) : 남의 동생을 말할 때

10) 자매(姉妹)간의 칭호

- 언니 : 여동생이 여형을 부를 때
- 얘, 너, 이름 : 언니가 여동생을 부를 때

11) 남매(男妹)간의 칭호

- 오빠 : 미혼 여동생이 손위의 남자형제를 부를 때

- 오라버니 : 기혼 여동생이 손위의 남자형제를 부를 때
- 누나 : 남동생이 손위누이를 부를 때
- 애, 너, 이름 : 손위누이가 미혼 남동생을 부를 때, 오라버니가 미혼 누이동생을 부를 때
- ○실 : 시집간 여동생을 부를 때(남편의 성을 앞에 붙인다.)

12) 형제자매의 배우자 및 기타 친척 간의 칭호

- 아지메, 형수님 : 동생이 형의 아내를 부를 때
- 제수씨 : 아우 아내를 직접 부를 때
- 새언니, 언니 : 시누이가 오라비의 아내를 부를 때
- 올케, 새댁, 자네 : 시누이가 남동생의 아내를 부를 때
- ○○댁 : 집안 어른에게 남동생의 아내를 말할 때
- 새댁 : 윗동서가 아랫동서를 부르는 말
- 새형, 자형(姉兄) : 누나의 남편을 부를 때 [妹兄매형 (×)]
- 매부(妹夫) : 누이동생의 남편

- 자씨(姊氏) : 남의 누나를 높여 하는 말
- 형부(兄夫) : 여동생이 언니의 남편을 부를 때와 말할 때
- 제부(弟夫) : 언니가 여동생의 남편을 부를 때와 말할 때
- ○ 서방 : 손위의 남녀 형제가 여동생의 남편을 부를 때

13) 근친 간의 호칭

- 할아버지, 할머니 : 조부모를 직접 부를 때
- 할아버님, 할머님 : 남편의 조부모를 부를 때
- 시조부, 시조모 : 남편의 조부모를 남에게 말할 때
- 대부(大父), 대모(大母) : 10촌 이상의 방계조부모 항렬인 할아버지, 할머니를 지칭할 때
- 맏아버지 맏어머니, 둘째 아버지 둘째 어머니, 셋째 아버지 셋째 어머니, 끝아버지 끝어머니 : 아버지의 형제와 그 배우자를 부르거나 말할 때 (형과 아우 사이는 차례에 질서가 있는 동급일 뿐, 크고

작음(大小)에 질서가 있는 상·하급이 아니다.)

- ○○아재, ○○아주머니(아주메) : 아버지와 4촌 이상인 아버지 세대의 어른과 그 배우자를 부를 때. '○○'자리에는 그 집 택호 (종숙 종숙모, 재종숙 재종숙모, 삼종숙 삼종숙모 : 아버지의 4촌, 6촌, 8촌, 10촌 이상의 형제)

- ○○아주메(고모:걸림말) : 아버지의 누나나 누이 동생을 부를 때. ○○아주머니

- ○○새아재(고모부:걸림말) : 고모의 남편

- 족장(族丈)·족조(族祖)·족숙(族叔)·족형(族兄)·족질(族姪):열촌[十寸]이상의 일가붙이를 가리키거나 부를 때

- 생질(甥姪) : 누나·누이의 아들. 외숙 또는 외숙모가 되어서 생질에 대한 부름말은 '이름 부르기' 걸림말은 생질이다.

- 생질녀(甥姪女) : 누나·누이의딸. 누나·누이 또는 시누나·시누이의 딸을 생질녀(甥姪女)라고 한다. 생질녀에 대한 부름말은 처녀 때는 이름 부르고,

시집간 뒤에는 ○실(○은 남편 성姓)이라 부른다.

- 생질부(甥姪婦) : 생질의 아내. 부름말은 '생질부' 걸림말도 '생질부' 말은 '하게말'을 사용해야 한다.
- 생질서(甥姪壻) : 생질녀의 남편. 누나·누이의 사위
- 종반간(從班間) : 사촌 사이
- 종손자(從孫子) : 형이나 아우의 손자
- 종손녀(從孫女) : 형이나 아우의 손녀
- 종숙(從叔) : 5촌 숙(叔:아재), 아버지의 사촌형제
- 종숙모(從叔母) : 5촌 숙모
- 아비(애비) : 여자가 어른 앞에서 남편을 일컬을 때
- 질녀(姪女) : 형제의 딸
- 질부(姪婦) : 조카의 아내 [조카며느리(×)]
- 질서(姪壻) : 질녀의 남편 [조카사위(×)], 서(壻:'남편 서' 字)

14) 처가 가족에 대한 칭호

- 처가(妻家) : 아내의 친정
- 장인(丈人)어른, 장모(丈母)님 : 아내의 부모를 부

를 때

- 빙장(聘丈)어른, 빙모(聘母)님 : '장인' '장모'라는 부름말 밖에 '빙장' 또는 '빙모'라는 부름말이 사용되기도 하나, '빙'이라는 소리가 듣기에 좋지 않아서 잘 사용 안 한다.
- 장조(丈祖)어른, 장조모(丈祖母)님 : 아내의 친정 할아버지·할머니(장조부:丈祖父, 장조모:丈祖母)
- 처남(妻男) : 아내의 남자 형제 부름말
- 처남댁(妻男宅) : 처남의 아내, 부름말은 처남댁
- 처형(妻兄) : 아내의 언니를 부를 때
- 처제(妻弟) : 아내의 여동생을 부를 때, 〈나……습니다.〉 말인 '삼가말' 사용
- 처삼촌(妻三寸)어른 : 아내의 백부, 중부, 숙부의 부름말. 글자로 표현할 경우에는 처백부(妻伯父), 처중부(妻仲父), 처숙부(妻叔父)라는 말을 사용해야 한다.
- 처백모님·처숙모님 : 아내의 백모 숙모를 부를 때, 백·숙모님은 질녀 남편에게 삼가말을 사용해야

한다.

- 처질부(妻姪婦) : 처조카의 아내, 처남의 며느리 부름말이 없다. 삼가말 사용
- 처질서(妻姪壻) : 처질녀의 남편, 처남의 사위
- 처질녀(妻姪女) : 처남의 딸, 부름말이 없다. 삼가말 사용
- 처조카 : 처남의 아들, 부름말은 '이름 부르기'
- 동서(同壻) : 처 자매의 남편끼리 서로 일컫는 말
- 처고모님(妻姑母) : 아내의 고모를 부를 때
- 처오촌(妻五寸) : 처오촌에 대한 부름말, '어른'은 처삼촌까지만 붙인다.
- 처종숙모님(妻從叔母) : 처종숙모의 부름말
- 처사촌(妻四寸) : 처사촌에 대한 부름말은 '처사촌'이다. (처남 ×, 종처남 ×)
- 처사촌댁 : 처사촌댁에 대한 부름말은 '처사촌댁'이다. (종처남댁 ×)
- 처남손녀, 처남손부에 대한 말은 삼가말인 〈나……습니다.〉말을 사용해야 한다.

15) 외가의 칭호

- 외할아버지(外祖父)·외할머니(外祖母) : 어머니의 부모를 부르거나 지칭할 때
- 외조부주(外祖父主)·외조모주(外祖母主) : 외할아버지·외할머니에게 편지 쓸 때
- 외아재·외숙·외삼촌 : 어머니의 친정 남자형제를 부를 때
- 외숙모님·외아주머니 : 외삼촌아내의 부름말
- 이모·이모님 : 어머니의 자매를 부를 때
- 이모부(姨母夫) : 이모남편의 부름말
- 외사촌 : 외삼촌의 아들, 딸
- 외손자 : 딸의 아들, 외손녀 : 딸의 딸
- 외손부(外孫婦) : 외손자의 아내, 외손서(外孫壻) : 외손녀의 남편

16) 사돈 간의 칭호

- 사돈(查頓) : 자녀의 혼인으로 맺어진 양가의 어른

들이 일컫는 말

- 동성(同性)끼리 '사돈'이라 부른다.
- 밭사돈과 안사돈은 내외법에 의해 서로 간에 호칭이 없고 서로 말하지 않음이 정중한 예(禮)다. (사돈어른 × · 사부인 ×)
- 사장(査丈)어른 : 사돈의 위 항렬을 칭호할 때
- 밭사돈 · 안사돈 : 남녀 사돈을 남에게 말할 때
- 곁사돈 : 친사돈의 형과 아우가 곁사돈이 된다.
- 친사돈의 사촌형제는 곁사돈 되지 않는다.
- 사하생(査下生) : 사돈의 아들, 딸, 며느리 / 사하생들끼리는 서로 부름말 걸림말이 없다. 말은 서로 공경말을 사용해야 한다. '사형(査兄)'이라는 말은 없으니 사용해서는 안 된다.
- 사돈총각 : 사돈댁의 미혼 남자
- 사돈댁 아가씨 : 사돈댁의 미혼 아가씨

가족과 친척관계의 예절은, 서로 친척 간에 화목하고 서로 도와주고 서로 아껴주고 보살펴 주어야 할 것이다. 친척 간에 상호 촌수 및 부름말과 걸림말의 관계를 알아 두어 바른 부름말(호칭)을 사용하도록 지도해야 할 책임이자 의무다. 조상의 훌륭한 행적을 교훈으로 삼고 자손들에게 바른 언어예절과 인성교육으로 올바르게 살아가도록 가르치고 어른들의 아름답고 좋은 모습을 보여 줄 수 있는 부모가 되도록 노력해야 되지 않을까?

손자孫子와 손주

  '손주'라는 서울 사투리가 어설프게 나타나 엉거주춤 하더니 남의 자리에 슬쩍 제자리마냥 앉는다. 손주는 서울·경기도 사투리고, 손자, 손녀는 바른말이다.

  얼마 전부터 '손주'라는 사투리가 신문, 방송, 연속극, 영화… 등에 업혀 밤낮 자유자재로 거침없이 마음대로 돌아다니고 있다. 바른말인지 틀린 말인지 모르고 생각 없이 받아들이는 순진(純眞)한 사람들의 행진이 이어지고 있다. 신중을 기해 바른말 보급에 힘써야 되지 않을까 싶다.

  〈표준어 규정〉은, '표준어는 교양 있는 사람들이 두루 쓰는 현대 서울말로 정함을 원칙으로 한다.'라고 규정하고 있다(1988년 표준어 재사정할 때의 규정). 서울 사람들이 쓰는 말이라고 다 표준어라고 볼 수는 없다. 손주는 손자의 서울·경기도 사람들의 사투리[方言: 방언]다. 국어사전에도 틀린 말(×)이라고 분명이 등재되어 있고, 단어 자체도 없다. 손주를 손자와 손녀를 통칭하는 말이라고 하는 것은 손주란 사투리를 합리화하려는 궤변(詭辯)이고 표준어로 만들려는 억지 주장이라고 볼 수 있다. 표준어에 손자, 손녀란 호칭이 바른 뜻으로 따로 등재되어 있다. 지난날 하인배(下人輩)들이 자기 손자를 두고 상전(上典)한테 말을 할 적에는 '손주'라고 하였다. 하인배 자기들끼리 이야기할 때는 '손주'라고 하지 않고 '손자'라고 말한다.

현재 표준어와 같은 뜻으로 추가로 표준어로 인정한 것이 11개이고, 현재 표준어와 별도의 표준어로 추가 인정한 것이 25개인데 10번째로 추가 표준어로 지정된 것이 '손주'다.(2011년 8월 22일 추가 표준어로 지정). 지정한 뜻 설명이 설득력이 없다.

◎ 손주 : 손자와 손녀를 아울러 이르는 말

* 손자가 바른말이다. 손주는 손자의 사투리다.

◎ 손자 : 아들의 아들. 또는 딸의 아들

    * 딸의 아들은 외손자(外孫子)이다. 어째서 손자(孫子)인가?

    * 친손(親孫)과 외손(外孫)을 구별해야 한다.

오늘날에는 사전에도 없는 신종 언어들로 홍수가 났다. 예를 들자면 '얼죽아: 얼어 죽어도 아이스' '낄끼빠빠 : 낄데 끼고 빠질 때 빠지라' '만반잘부 : 만나서 반가워 잘 부탁해' 등 신종언어와 외래어가 젊은 세대들에 의해 우리말 속에 자리를 잡고 아름다운 우리말은 세월의 뒷자리로 하나둘씩 밀려난다. 표준어가 아닌 언어도 50여 년 넘게 많은 사람들이 사용하면 표준어로 등재하기도 한다. 하지만 손자 손녀는 아주 정확한 뜻으로 잘 표현된 바른 언어다.

우리 국어(國語)의 아름답고 향기 나는 밭에 외래어를 심고, 단어 자체도 없는 말의 모종을 만들어 심는 잡초 밭이 되지 않았으면 한다. 북한 이탈주민이 동족인 우리 대한민국에서 언어 소통에 장애를 겪는 것도 우리 모두의 걱정거리다. 신문, 라디오, TV 등의 선율에 민감한 우리들은 다시 한 번 두드려보고 건너는 여유 있는 삶이 되었으면 한다. 세계에서 제일 아름다운 말과 글은 우리말이고 우리글이다. 우리의 문화와 언어를 잘 보존 관리하고 갈고 닦아서, 보석처럼 반짝반짝 빛나도록 우리 국민은 잘 사용해야 한다.

'손주'라는 말은 손자, 손녀를 통칭하는 말이 될 수 없고, 단어 자체도 없고, 국어사전에 틀린 말이라고 분명히 등재되어 있는 말이다. '손주'는 사투리고 손자, 손녀가 바른 말이다.

사갑제死甲祭

인생초로(人生草露)라더니 회갑(回甲) 고개를 바라보다가 그만 그 고개를 넘지 못하고 애석(哀惜)하게 돌아가신 부모님 회갑 날에 지내는 제사를 사갑제(死甲祭) 또는 갑사(甲祀), 갑제(甲祭)라 한다. 제사의 절차는 기제사(忌祭祀)와 같다. 사갑제는 자식이 부모를 위해서만 지내는 것이다. 제사이기 때문에 축문을 읽고 삼헌(三獻 : 初獻초헌, 亞獻아헌, 終獻종헌)만 한다. 죽어 석 잔 술이라 했던가? 자식 된 자로서 부모님의 은혜에 감사하는 마음으로 정성을 다해 제사를 지내는 것이 마땅한 도리가 아닐까?

인생은 풀잎에 이슬이다. 옛날 조선 시대에는 평균

수명이 삼십오 세라고 한다. 의식주(衣食住) 생활이 너무 궁핍하고 의료 혜택도 제대로 받지 못하던 때라 수명이 하루살이같이 짧았지 않았나 싶다. 나의 어린 시절에도 초근목피(草根木皮)에 의존하고, 배고프면 찬물 한 바가지로 등에 붙은 배를 떼어 놓았고, 머리에 상처가 나면 된장으로 땜질을 하던 그때 그 시절이 지금도 생생하다. 그 이전의 생활은 더더욱 어려웠을 것이다.

옛날에는 회갑을 못 넘기고 돌아가시는 사람이 많았다. 그래서 회갑잔치를 성대히 거행했었다. 그리고 회갑 전에 돌아가신 분에게는 사후(死後)의 회갑 날에 자식들이 사갑제 제사를 지내드렸다. 사갑제는 제물에 생 미나리를 한 그릇 쓰는데 뿌리째로 뽑은 것을 자르지 않고 깨끗이 씻어 한 줌 그대로 올린다. 제사에 생 미나리를 쓰는 것은 법도에 이 제사가 없으므로 조촐히 차린다는 뜻이다. 비록 회갑 전에 돌아가셨지만, 인정(人情)상 도포(道袍)를 포함한 한복(韓服)을 마련하여 제상(祭床)에 올려놓고 제사를 지낸다. 살아 계셨으면 마땅히 가족 친지 이웃을 모시고 새 옷[한복]을 입고 하례를 받으며 즐거운 시간을 보냈을 것이다. 하지만 그러지 못한 아쉬운 때문에 부모에 효도하는 마음으로 사갑제를 지내드린다. 제사를 지내고 난 뒤 제상의 옷 등을 묘소나 깨끗한 곳에서 불태워 드린다.

요즈음은 회갑을 못 넘기는 사람이 거의 없을 정도다. 의료 혜택과 의식주 생활이 궁핍하지 않기 때문에, 지금은 백세 시대다. 회갑잔치는 숨바꼭질하다가 부끄러워 숨은 지가 오래다. 칠순이가 팔순이 찾아가다가 칠순잔치 잊어버렸다. 사갑제는 설 자리를 잃은 지 오래다.

부모가 자손의 사갑제는 지내지 않는다. 자식이 부모를 위해서만 지내는 사갑제는 기제사와 의식 절차가 같다. 지방(紙榜)을 모시고 축문을 읽고, 초헌(初獻), 아헌(亞獻), 종헌(終獻)만 해야 한다. 살아생전 회갑잔치처럼 잔을 초헌(初獻), 재헌(再獻), 삼헌(三獻), 사헌(四獻)…. 가족과 친지 모두가 잔을 드려 헌수(獻壽)하듯이 하는 것은 예(禮)가 아니다. 그러므로 제사에는 세 번 잔 드리는 것으로 끝내라고 종헌(終獻)이라는 말을 쓴

것이다.

　부모님의 은혜가 높기는 하늘과 같고, 덕(德)이 두텁기는 땅과 같다고 하였다.

　효도는 언제까지 해야 하는가? 자신이 살아있는 동안 효도해야 되지 않을까?

　자식 된 자로서 부모님의 은혜에 감사하는 마음으로 정성을 다해 제사를 지내는 것이 마땅한 도리요 효도하는 것이 아닐까 싶다.

운감殞感 없는 제사는 헛 제사

제사는 왜 지내는가? 제사 날짜와 시간은 맞게 지내는가? 청결하게 하고 정성을 다하는가? 요즘 사람들은 자기 편한 대로 지내다 보니 잘못하면 헛 제사가 될 수 있다.

제사는 왜 지낼까? 그 까닭은 돌아가신 조상에게 효를 계속하기 위함이요, 또 자기 존재에 대한 은혜에 보답하는 것이다. 효(孝)는 조상이 살아 계시는 동안만 하는 것이 아니고, 자신이 살아 있는 동안 계속해야 하는 것이다. '사사여사생(死事如事生)'이란 말이 있다. '돌아가신 조상 섬기기를 살아 계실 때 섬기는 것과 같이 하라.'는 말이다. 조상을 섬기는 것은 당연한 것이며, 사람의 도리를 따르며 부모님을 잘 봉양해야 하는 것이다.

제사는 흩어져 살던 후손들이 모여서 돌아가신 조상의 덕을 기리고, 혈족 간의 유대를 돈독히 하는 것이다. 자라나는 자녀들에게 자신의 근본(根本)에 대해 알 수 있도록 가르쳐야 하며, 나를 있게 해 주신 조상에게 자손으로서 도리(道理)를 스스로 지킬 수 있도록 해야 할 것 같다.

기제일(忌祭日)과 기제 시간은 바로 알고 제사를 지낼까?

기제사는 조상이 돌아가신 날 밤중에 지내는 제사다. 윤달에 돌아가셨다면 기제사는 본 달에 지낸다. 만약에 돌아가신 윤달이 돌아와도 제사는 본 달에 지내고, 윤달 돌아가신 날은 근신(謹愼)만 한다. 퇴계 선생은 "윤달은 공달이라 정상적인 달이 아니니 본 달에 제사를 지내야 한다."고 하셨다. 흔히들 재미있는 말로 '윤달에 태어나 공달에 커서 공짜를 좋아한다.'는 농담이 있다.

또 음력으로 큰달 30일(그믐날)에 돌아가셨다면 큰

달 30일이 제삿날이다. 다음 해에 제삿날이 큰달이 아니고 작은달 29일이면 그달의 그믐날은 29일이므로 작은달의 그믐날인 29일에 제사 지낸다. 다음 해가 큰달이면 그믐날인 30일에 기제사를 지내면 된다.

작은달 그믐날(29일)에 돌아가셨다면 29일 그믐날이 제삿날이고, 그다음 해 큰달 그믐날 30일이 와도 제삿날은 29일이다. 30일 그믐날은 제삿날이 아니다.

돌아가신 날이 초하루면 제삿날은 초하루다. 초하루 전날 그믐날이 29일이 될 때도 있고, 30일이 될 때도 있다. 입제일은 그믐날이다.

돌아가신 전날은 제사 드는 날로 제수(祭羞)음식을 준비하는 입제일(入祭日)이고, 제사 지내는 날은 정제일(正祭日)이고, 제사를 지낸 이후는 파제일(罷祭日)이라 한다.

밤중제사 지내는 시간은 돌아가신 날 자정(子正 24:00) 이후에 지낸다. 돌아가신 전날에 제사 지낼 준비를 다하여 자정(24:00)을 지나 제사를 지내는 것은, 제일 먼저 조상을 섬기는 정신을 강조한 것이다. 초저녁 제사를 지낼 경우는 돌아가신 날 일몰(日沒) 후 적당한 시간을(사계절) 정하여 지낸다. 제사 드는 날(입제일) 초저녁에 제사를 지낸다면 살아계신 날이라 헛 제사를 지내는 것이다. 초저녁 제사는 돌아가신 날 초저녁에 지내야 맞다. 날짜와 시간을 잘 알고 지내야 된다. 고(告)함이 없는 제사, 시간과 날짜와 장소에 조상은 헷갈린다. 그나마 24시 매점이 있어 다행이다.

우리 문화는 어디론가 솔솔 사라지는 듯하고, 조상을 섬기는 정신은 흰 구름 속으로 희미하게 보일 뿐이다. 내 가족이 먼저라는 바람이 울타리를 흔들고 있다. 명절 공항은 콩나물시루를 방불케 하고, 조상의 음덕(陰德)으로 살 만한 사람들은 조상 제사는 뒷전이고 해외로 몰려나가는 풍경이 아름답지 못하다.

밤중제사를 모시는 것은 다음 날 출근에 지장이 있고, 밤늦도록 술을 마시는 것은 다음 날 출근에 지장이 없을까? 핑계 없는 무덤이 없다더니…….

제삿날 진설할 때 투정질 부리는 아이 달래는 재치(才致)는 진설하면서 대추나 밤 과자 중에서 새끼손가락으로 슬쩍 하나를 떨어뜨린다. 방바닥에 떨어진 제수(祭羞)는 다시 진설하지 않는다. 그것으로 투정질 부리는 아이를 방그레 웃게 만든 시절이 우리 어릴 때다.

제사에 대한 젊은이들의 생각은 어떨까? 한번 생각해 볼 일이다. 어떤 것이 허례허식이고 미신이며, 왜 불필요한 의례가 되었는가? 우리의 제사를 분석하고 재조명해보는 것도 맞지 않을까 싶다.

제사는 공경스러운 마음으로 청결하고 정성을 다하는 자세로 임하고, 살림의 형편에 따라 모시는 것이 바람직할 것 같다.

제사를 지내는 것은 가문의 뿌리를 튼튼히 하는 것이요. 부모님께 효도하고 형제자매간에 우애를 돈독하게 하는 계기가 될 것이다. 제사는 형식에 지나치게 얽매이지 않았으면 좋겠다. 후손들이 마음과 뜻을 모아서 합의한다면 즐거운 마음으로 제사에 임하고 화목을 다지는 잔치가 될 것이다.

헛 제사는 불효자의 꾸벅 제사, 청결과 정성이 없는 제사, 날짜 시간 장소 변경할 시 미리 조상께 고(告)하지

않고 지낸 제사는 조상님들이 운감(殞感)을 하지 않는
다. 이런 경우를 두고 헛 제사라 한다.

　즐거운 마음으로 자손들이 모두 화목하게 정성을 다
해 제사를 모시면, 조상님이 운감하실 때 헛 제사가 되지
않을 것이고, 조상으로부터 복(福)을 받지 않을까 싶다.

지방紙榜 쓰는 법

  오늘날에는 지방(紙榜)을 써서 모시는 것이 신위를 봉안하는 과정에 해당된다고 하겠다. 지방은 원래 정해진 규격은 없지만 신주를 약식화한 것이다. 전통적으로 지방은 깨끗한 한지에 쓰는데 길이는 약 22cm에 너비가 약 6cm 정도로 맞추어 쓴다. 또는 길이는 같고 너비는 약 3cm 정도로 해서 따로따로 써서 같이 붙여도 된다.

  지방을 쓰는 차례는 남자 조상을 서쪽(즉, 지방을 쓸 때 쓰는 사람이 보아 왼쪽)에, 여자 조상은 차례대로 남자 조상의 왼쪽(동쪽, 즉 지방을 쓰는 사람이 보아 오른쪽)에 쓴다.

(1) 전통 지방 쓰는 법

- 지방을 쓸 때 단설(單設)일 때는 돌아가신 분 한 분 만을 쓰고, 합설(合設)일 때는 돌아가신 내외분을 함께 쓰는데 이때 서고동비(西考東妣 : 서쪽은 고위, 동쪽은 비위)로 쓴다.

- 재취(再娶), 삼취(三娶)가 있는 경우는 서쪽에 고위 (考位), 다음에 본취(本娶), 재취, 삼취를 차례대로 쓴다.

- 비위(妣位)는 모관 모씨(某貫某氏)로 쓴다. 이는 비위(妣位)가 여러 분일 경우 본관을 써서 구분하기 위함이다.

- 존자(尊者)의 지방이나 축문에는 현(顯) 자를 쓰고, 처(妻)나 손아래 친족(親族)에는 '망실(亡室)', '망제 (亡弟)'라고 '망(亡)' 자를 쓰기도 하나 '망' 자는 불 길한 자(字)라 하여 '고(故)' 자로 고쳐 '고실(故室)', '고제(故弟)'로 쓰기도 한다.

- 지방·신주·축문에서는 부모는 고비(考妣), 조부모

이상의 직계조상에는 조고비(祖考妣), 증조고비(曾祖考妣), 고조고비(高祖考妣)라 쓴다.

- 관작(官爵)이 있을 때는 계(階)·사(司)·직(職)을 모두 쓰거나 품계만 써도 된다. 시호(諡號)가 있을 때는 시호도 쓴다. 남자로서 관작이 없을 때는 처사(處士) 또는 학생(學生)이라고 쓴다. (階: 품계, 司 : 근무부서, 職:직책)

- 부인(婦人)의 경우는 남편이 벼슬이 없으면 유인(孺人)이라 쓴다.

- 존자(尊者)께는 신위(神位)라 쓰고 비유(卑幼)에게는 지령(之靈)이라 쓴다.

- 지방(紙榜)은 품계와 관직이 많아 글자 수가 많더라도 한 줄에 다 쓴다. 신주(神主)도 마찬가지다.

(2) 현대 지방 쓰는 법

오늘날에도 공직에 있었던 분들의 지방(紙榜)에는 당연히 그분의 관직을 써야 하고 일반 사회단체나 기업체 등에서 중요한 직위에 있었던 분들도 그 직책과 직명을 써야 한다.

여성의 경우에는 전통으로 쓰던 '유인(孺人)' 대신에 '부인(夫人)'이라고 쓴다.

여성도 관직이나 사회적 직함 또는 학위가 있으면 사실대로 쓰는 것이 마땅하다.

※ 제사에 사진과 지방을 함께 쓰는 게 맞을까? 한번 생각해 볼 일이다. 만약 사진과 지방 두 개가 있다면 조상들의 정신을 모으려는 마음이 흐트러질 수도 있지 않을까? 사진은 돌아가신 분과 같지 않을 수도 있다. 지방을 쓰는 게 맞지 않을까.

※ 고인(故人)

남편--현벽(顯辟)　아내--고실(故室)　형--현형(顯兄)

아우--고제(故弟)　자식--고자(故子)

顯高祖考學生府君神位 <small>현고조고학생부군신위</small>	顯高祖妣孺人安東金氏神位 <small>현고조비유인안동김씨신위</small>	顯曾祖考學生府君神位 <small>현증조고학생부군신위</small>	顯曾祖妣孺人密陽朴氏神位 <small>현증조비유인밀양박씨신위</small>	顯祖考學生府君神位 <small>현조고학생부군신위</small>	顯祖妣孺人全州李氏神位 <small>현조비유인전주이씨신위</small>	顯考學生府君神位 <small>현고학생부군신위</small>	顯妣孺人義城金氏神位 <small>현비유인의성김씨신위</small>

(고조부모) (증조부모) (조부모) (부 모)

고조할아버님 신위	고조할머님안동김씨신위	증조할아버님 신위	증조할머님밀양박씨신위	할아버님 신위	할머님전주이씨신위	아버님 신위	어머님의성김씨신위

(고조부모) (증조부모) (조부모) (부 모)

전통지방 서식

顯^현壁^벽處^처士^사府^부君^군神^신位^위

(남편)

故^고室^실孺^유人^인密^밀陽^양朴^박氏^씨神^신位^위

(아내)

한글지방 서식

현벽처사부군신위

(남편)

고실유인밀양박씨신위

(아내)

기제축문 忌祭祝文

축문이란 제사를 받드는 자손이 조상에게 제사의 연유와 정성스러운 감회, 그리고 마련한 제수(祭羞)를 흠향(歆饗)하시라고 권하는 글이다. 살아계신 어른에게 색다른 음식을 올릴 때 권하는 말씀처럼 조상에게도 제수를 올리면서 축문을 작성하여 고(告)한다.

축문의 내용은 그 제사를 지내게 된 연유를 '언제, 누가, 누구에게, 무슨 일로, 무엇을'의 형식으로 고(告)하고 제사를 받으시라는 내용으로 축문을 적는다.

축문의 날짜표기

- 음력 날짜를 쓸 경우는 태세(太歲)를 쓰는데 태세가
  신사(辛巳)년이면 '유세차 辛巳 ○월 갑자(초일일 간
  지삭) ○○일 정묘(제삿날의 간지)'라고 쓴다.
- '유세차 신사 5월 간지삭 19일 간지'이라고 썼으면
  음력 날짜이다.
  '축문 날짜에 간지(干支)가 있으면 음력 날짜이고 간
  지가 없으면 양력 날짜로 보면 된다.
- 2020년 ○월 ○일로 썼으면 양력 날짜로 본다.
- 음력에서는 10일까지는 '초(初)' 자를 날짜 앞에 붙인다.

전통 축문 쓰는 법

■ 합사 축문 ■

維歲次　甲子　四月丙申朔 初二日丁酉　　　孝子 ○○(名)
유세차　갑자　사월병신삭 초이일정유　　　효자 ○○(명)
　　敢昭告于

감소고우

顯考處士(學生 또는 某官)府君

현고처사(학생   모관)부군

顯妣孺人全州李氏 歲序遷易

현비유인전주이씨 세서천역

顯考處士府君 諱日復臨 追遠感時 昊天罔極

현고처사부군 휘일부림 추원감시 호천망극

謹以 淸酌庶羞 恭伸奠獻 尙

근이 청작서수 공신전헌 상

饗
향

1) 유(維) : '이제'라는 예비 음으로 예·의·염·치를 '묶는
   밧줄 유'이기에 첫 글자로 쓴다.

2) 세차(歲次) : 해의 차례가 이어 온다는 뜻이다. '유세
   차'는 '이해의 차례는'이란 뜻으로 축문의 첫머리에
   쓰는 관용어(慣用語)이다.

3) 갑자(甲子) : 제사 지내는 해의 태세(太歲)이다. 즉
   년(年)의 간지(干支)이다.

4) 병신(丙申) : 돌아가신 달 즉, 제사 지내는 달의 초하

룻날의 일진(日辰)이다.

5) 정유(丁酉) : 제사 지내는 날 즉, 초2일의 일진이다.

6) 효자(孝子) : 효자는 부모 기제에 맏아들이라는 뜻이
고 이 효(孝)는 '맏이 효' 자로 제사를 지낼 권리와 의
무가 있다는 뜻이다. 효손(孝孫)은 조부모 기일 때
맏손자라는 뜻이고, 효증손(孝曾孫)은 증조부모 기
제일 때에 맏증손자라는 뜻이고, 효현손(孝玄孫)은
고조부모 기제일 때에 맏현손이라는 뜻으로 쓴다.
그러나 작은아들은 자(子), 작은손자는 손(孫)과 같
이 쓰고, 남편은 부(夫), 기타 관계는 사실대로 쓴다.
종자(宗子)가 아니면 효자(孝子) 대신에 개자(介子)
또는 지자(支子)나 자(子)라고 쓴다.

7) 명(名 : 某) : 봉사주인(奉祀主人)으로 제사를 받드는
사람의 이름이다.

8) 감소고우(敢昭告于) : 존자에게는 감소고우라 쓰고
아내인 경우에는 '감(敢)' 자는 안 쓰고 '소고우(昭告
于)'라고만 쓰며, 비유(卑幼)인 경우에는 감소(敢昭)
를 쓰지 않고 고우(告于)라고만 쓴다. 뜻은 '삼가 고

하나이다'의 뜻이다.

9) 현고(顯考) : 누구의 기제사인가를 밝히는 말로 현고
는 돌아가신 아버지의 존칭이다. 어머니의 기제사이
면 현비(顯妣)라 존칭한다. 현고학생부군 휘일부림
(顯考學生府君 諱日復臨)에서 현고학생부군은 '현고
(顯考)'라고만 써도 된다. 이 부분은 합제(合祭)할 때
에만 누구의 기일(忌日)인지를 나타내기 위하여 쓰
는데 속칭(屬稱)과 신분칭호(身分稱號)를 다 써도 되
고 속칭만 써도 된다. 학생 대신 처사라고 쓰는 가문
도 있다.

10) 세서천역(歲序遷易) : 해가 바뀌었다는 뜻이다.

11) 휘일부림(諱日復臨) : '돌아가신 날이 다시 돌아오
니'라는 뜻이다. 아랫사람의 기제사에는 '망일부지
(亡日復至)'라 쓴다.

12) 추원감시(追遠感時) : '세월이 흐를수록 더욱 생각
이 난다.' 또는 '조상의 덕을 추모한다.'라는 뜻이다.

13) 호천망극(昊天罔極) : 흠모하거나 공손함이 클 때
만 쓰되 부모의 경우에만 쓴다. 불승영모(不勝永

慕)는 조부 이상의 경우에 쓰는데 뜻은 '길이 흠모하는 마음 이길 수 없나이다.'이다. 불승감창(不勝感愴)은 남편과 백숙부모, 외조부모의 경우에 쓰는데 가슴 아픔을 이길 수 없다는 뜻이며, 불승비고(不勝悲苦)는 아내의 경우, 정하비통(情何悲痛)은 형의 경우, 심훼비념(心毀悲念)은 아들의 경우에 쓴다.

14) 근이(謹以) : '삼가'라는 뜻이다. 아내와 아랫사람에게는 '자이(玆以)'라 쓴다.

15) 청작서수(淸酌庶羞) : 맑은 술과 여러 가지 음식이라는 뜻이다.

16) 공신전헌(恭伸奠獻) : '공경을 다해 받들어 올린다.'는 뜻이다. 아내나 아랫사람에게는 '신차전의(伸此奠儀 : 마음을 다해 상을 차린다.)' 또는 '진차전의(陳此奠儀)'라 쓴다.

17) 상향(尙饗) : '흠향하십시오.'라는 뜻이다. 제수(祭羞)를 받기를 원한다는 뜻으로 제문(祭文)이나 축문 끝에 쓴다.

※ 축(祝)이나 고유문(告由文)에서 현(顯)·증(贈)·존(尊)·선(先)·신(神)·봉(封)·향(饗) 자와 산신제에서의 토(土) 자는 한 글자[一字] 띄어서 쓰거나 한 글자 올려서 쓴다. 〈대두법(擡頭法)〉 비유(卑幼)의 제사에는 '향(饗)' 자를 한 자 올려 쓰지 않는다.

■ 부모 기제 합설 전통 축 (아버지 기일) ■

維歲次乙亥三月辛酉朔初五日乙丑　孝子甲東

유세차을해삼월신유삭초오일을축　효자갑동

敢昭告于

감소고우

顯考學生府君

현고학생부군

顯妣夫人義城金氏　歲序遷易

현비부인의성김씨 세서천역

顯考學生府君　諱日復臨　追遠感時

현고학생부군 휘일부림 추원감시

昊天罔極　謹以　清酌庶羞　恭伸奠獻　尙

호천망극 근이 청작서수 공신전헌 상

饗

향

유세차 을해 3월 초5일 효자 갑동은 아버님과 어머
님 의성김씨께 감히 고하옵나이다. 해가 바뀌어 아버
님께서 돌아가신 날을 맞이하여 지나간 날을 돌이켜
생각하니 은혜가 하늘과 같이 높고 넓어서 헤아릴 수
가 없사옵나이다.

삼가 맑은 술과 여러 가지 제수를 차려 공손히 올리
오니 흠향하시옵소서.

한글 축문 쓰는 법

우리나라는 전통적으로 한문으로 축문을 써서 독축
을 하고 있다. 그러나 오늘날 교육정책이 한자교육에
소홀하여 고등교육을 받고서도 우리의 전통축문을 제
대로 쓰고 읽고 해석하기가 힘이 드는 현실이다.

축문의 본뜻은 행사에 따라 고(告)할 내용을 아뢰면 되는 것이다. 시대적 상황에 따라 한글 축문으로 행사에 임하면 되는 것이다. 한글로 풀이해 놓은 한문 축문을 한글로 써서 활용해도 무방하지
않을까 싶다.

■ 부모 기제 합설 한글 축문 ■

유세차 2021년   월   일

효자 ○○는 감히 아버님과 어머님 전주이씨께 밝게 아뢰옵나이다.

세월은 흘러 아버님(또는 어머님)의 제삿날이 돌아왔사옵나이다.

지난날의 추억이 오늘 더욱 간절하여 저 하늘도 다함이 없사옵나이다.

삼가 맑은 술과 갖은 제수를 정성껏 올리오니 두루 흠향하시옵소서.

■ 부모 정일(定日) 제사 한글 축문(정한 날짜) ■

유세차 2021년   월   일

아들 ○○는 아버님과 어머님 경주이씨께 감히 밝게 고하옵나이다.

세월이 흐르고 해가 바뀌어 아버님과 어머님의 제사 지내는 정일(定日)이 돌아왔사옵나이다.

지난날 아버님 어머님께서 저희들에게 베풀어 주신 은혜를 생각하니

그리운 마음 하늘보다 높고 커서 다함이 없사옵나이다.

삼가 맑은 술과 여러 가지 제수를 정성껏 갖추어 올리오니 두루 흠향 하시옵소서.

■ 친정 부모 기제 한글 축문 ■

유세차 2021년   월   일

딸 ○○○는 감히 아버님과 어머님 김해김씨께 밝게 아뢰옵나이다.

세월이 흘러 아버님(어머님 김해김씨)의 제삿날이 돌아왔

사옵나이다.

　지난날의 추억을 생각하니 낳아주시고 길러주신 은혜 잊지
못하여

　삼가 맑은 술과 갖은 제수(祭羞)를 정성껏 올리오니 두루
흠향하시옵소서.

維歲次庚寅十一月庚寅朔初十日己亥孝子○○

敢昭告于

顯考學生府君 歲序遷易

韓日復臨追遠感時昊天罔極謹以清酌庶羞恭伸奠獻 尚

饗

부모합설축문

維歲次庚寅十二月己未朔初九日丁卯 孝子甲童

敢昭告于

顯考學生府君

顯妣孺人安東金氏 歲序遷易

顯考學生府君 諱日復臨 追遠感時

昊天罔極 謹以 清酌庶羞 恭伸奠獻 尚

饗

기제忌祭의 절차

1. 참사자 서립(序立) : 참사자 모두 제사상 앞에 선다.
   - 제사 지낼 시간이 되면 모든 참례자가 손을 씻은 다음 제복을 입고, 제상을 향하여 남자는 동쪽, 여자는 서쪽에 선다.

2. 진설(陳設) : 제수(祭羞)를 제상에 올린다.
   - 집사들이 제수를 진설한다. 진설은 5열 과일부터 한다.
   - 진설시 5열에 과실류, 4열에 포 등 반찬류, 3열에 탕류, 2열에 적과 전, 1열에 곡식으로 된 제수를 진설한다.
   - 제상의 크기와 제수의 양에 따라 적당히 보기 좋

게 놓고 흠향하시기 편하도록 진설한다. 오늘날은
한꺼번에 모든 제수를 진설하는 경향이다.

3. 신위 모시기 : 지방(紙榜)

- 지방을 제수 진설 후 교의(交椅)에 모신다.
- 사당에 신주를 모신 집은 신주를 교의에 모신다.

4. 강신(降神) : 조상을 청한다.

- 제주가 신위를 향해 꿇어앉아 삼상향(三上香)한 다
음 서집사(西執事)가 강신 잔반[술잔]을 제주에게
주면 동집사(東執事)가 강신 잔에 술을 5부쯤 따른
다. 제주가 왼손으로 잔대를 잡고 오른손으로 잔을
잡아 모사기(茅沙器)에 세 번으로 나누어 술을 모두
지운 잔반을 서집사가 받아 본래의 자리에 올린 다
음 제주는 일어나 한 발 물러나서 재배(再拜)한다.
(신주를 모신 경우는 선참신(先參神) 후강신(後降神)
하고 지방을 모셨으면 선강신 후참신 한다.)

5. 참신(參神) : 신위께 인사한다.

- 참사자(參祀者) 일동이 신위를 뵙는 인사는 남자는
재배, 여자는 4배한다.

6. 초헌(初獻) : 제주가 첫 술잔을 올린다.

- 제주가 신위 앞에 나아가 꿇어앉으면 서집사가 제
  상의 고위 잔반을 내려 제주에게 주면 동집사는
  제주가 든 잔반에 술을 가득 붓는다.
- 헌관이 잔반을 정성껏 조금 높이 들었다가 내리면
  서집사가 받아 본래의 자리에 올린다.
- 합설이면 비위의 잔반도 위와 같은 방법으로 올린
  다.
- 메와 뚜껑 있는 제수는 모두 벗기고 시접에 젓가
  락을 가지런히 한다.
- 오늘날은 초헌 때 술을 삼제(三除)하는 것을 생략
  하는 경우가 늘어나고 있다.

7. 독축(讀祝) : 축관이 축문을 읽는다. 축관이 없을 시
   는 초헌관이 읽어도 된다.

- 축관이 헌관의 왼쪽 즉, 서쪽에서 동향으로 꿇어
  앉는다.
- 참사자 모두 부복(俯伏:굽어 엎드림)한 다음 축관
  이 축문을 읽는다.

- 독축이 끝나면 참사자 모두 일어난다.
  - 헌관은 재배하고 제자리로 돌아간다.

※ 독축법(讀祝法)

(1) 축문을 종이에 써서 그 축판 위에 놓고 읽는다. 지낸 후 태운다.

(2) 축문 읽는 소리는 참여자가 들을 수 있으면 된다.

(3) 축관이 없을 시는 초헌관(제주)이 읽으면 된다.(초헌관이 읽는 경우가 많다.)

(4) 조부 제사 시 아버지 병환이면 자식이 대독(代讀) 때 아버지 이름을 부르는 것은 미안한 일이나 조상님과 선조님 제사에 더 높은 어른 앞에서는 생략함(압존법(壓尊法)에 의해)

(5) 축문은 축판 속에 놓았다가 독축

(6) 축문은 신에게 고(告)하는 글이므로 손으로 잡고 읽거나 땅바닥에 놓고 읽는 것은 안 된다.

8. 아헌(亞獻) : 두 번째 술잔을 올린다.
  - 서집사가 잔을 내려 퇴잔 후 빈 잔반을 아헌관에

게 주면 동집사가 잔에 술을 가득 따른다.

- 헌관은 잔반을 정성껏 조금 높이 들었다가 내리면 서집사가 잔반을 받아 제자리에 올린다. 비위(妣位)의 잔반도 같은 방법으로 올린다.
- 아헌관은 통상적으로 주부이므로 4배를 한다. 주부가 올리기 어려우면 제주 다음 가는 근친자가 아헌관이 된다.

9. 종헌(終獻) : 근친이나 손님이 세 번째 잔을 올린다.

- 제주의 가장 가까운 사람이나 손님이 배석에 꿇어 앉는다.
- 서집사가 고위의 잔반을 내려 퇴주기에 비우고 헌관에게 드린다.
- 헌관이 받아 든 잔반에 동집사가 세 번에 나누어 7부쯤 따르면 서집사가 잔반을 받아 제상에 올린다. 또는 동집사가 잔반에 술을 가득 부으면 헌관이 삼제(三除)하여 7부쯤 된 잔반을 서집사가 받아 올리기도 한다.
- 비위의 잔반도 같은 방법으로 올린다.

- 헌관이 재배하고 물러난다.

10. 첨작(添酌) : 술을 더 드린다.

- 제주가 주전자를 들고 고위, 비위의 덜 찬 잔반에 술을 세 번에 나누어 가득 채운 다음 배석에서 재배한다.

- 또는 삼헌 때 올린 잔반을 서집사가 내려 헌관에게 드리면 동집사가 술을 세 번에 나누어 가득 채운 잔을 서집사가 받아 올린다. 헌관은 재배한다.

11. 삽시정저(揷匙正箸) : 밥을 드시게 하는 절차

- 삽시정저란 메에(바닥이 동쪽으로 가게) 숟가락을 꼽고 시접에 정저(젓가락 손잡이가 서쪽으로 가게 바르게 걸친다)하는 것이다. 초헌 때 메의 뚜껑을 벗기는 '계반(啓飯)'을 하지 않은 경우는 이때 메의 뚜껑을 열고 삽시정저(揷匙正箸)한다.

12. 부복(俯伏)

- 옛 예(禮)는 삽시정저하고 제관 모두가 밖으로 나온 다음 합문(闔門)하고 일식구반경(一食九飯頃:약 3~4분) 동안 부복 후 계문(啓門)하여 방에 들어갔

다. 오늘날은 모든 제관이 제자리에서 부복을 하는 예(例)가 일반적이다.

- 축관이 '어험'을 세 번하면 모두 일어난다.
- 오늘날은 제사를 지내는 장소에서 대부분 부복한다.

13. 진숙수(進熟水) : 국을 내리고 물을 올린다.

- 고위, 비위의 국을 내리고 물을 올린다.
- 숟가락으로 밥을 조금씩 세 번 떠서 물에 말고 숟가락 손잡이가 서쪽으로 가게 한다.
- 모두 2~3분간 공수하고 약간 꾸부린 자세[국궁:鞠躬] 후 축관이 '어험' 세 번하면 모두 바로 선다.

14. 철시복반(撤匙復飯) : 수저를 내리고 제수의 뚜껑을 덮는다.

- 집사가 수저를 내려 시접에 담는다.
- 제수의 뚜껑을 모두 덮는다.

15. 사신(辭神) : 신위를 배웅하는 인사를 한다.

- 참사자 모두 제 위치에서 남자는 재배하고 여자는 4배한다.

16. 분축(焚祝) : 지방과 축문을 불태운다.
   • 제주가 지방과 축문을 불사른다.

17. 철상(撤床) : 제수를 제상에서 내리는 절차
   • 진설은 5열부터 하고, 철상은 퇴주한 다음 신위 앞 1열부터 철상한다.

18. 음복(飲福) : 복주(伏奏:삼가 아룀)하고 제수를 나누어 먹음
   • 제수를 나누어 먹으면서 조상의 음덕(蔭德: 조상의 덕)을 기린다.

   제사는 다하지 못한 효의 표시로 우리 조상들이 발전시킨 정신문화로 조상을 공경하기 위한 의식이다.
   우리의 전통을 밑바탕으로 현실에 맞게 변형해 나가는 것이 필요하며, 절차의 구체적 내용과 형식을 쉽게 재구성하여 누구나 친근감을 갖도록 해야 하지 않을까.
   축문이나 지방 등을 한글로 구성하여 뜻을 쉽게 이해하고 친근감 있게 하든가 또는 고인을 추모하는 글을 임의로 지어서 독축하는 것도 좋지 않을까 싶다.

딸, 아들 구별이 없는 시대에 장자 중심의 봉사(奉祀)에서 벗어나야 되지 않을까. 나이 어린 아이라 해서 또는 아들이 없다 해서 제사를 안 지내는 것은 바람직하지 않다. 딸이나 사위가 처가 어른을 봉양하고 도움을 받고 있는 지금, 제사는 꼭 아들이어야만 한다는 것은 생각해볼 필요가 있지 않을까.

제수(祭羞)의 마련도 간소하게 하되 그 비용도 형제들이 공동 부담해야 한다. 현실적으로 장남이 부모와 함께 살지 않는 경우가 많으며, 재산 상속도 균등하므로 제례에 대한 책임도 균등해야 되지 않을까싶다.

제사를 매개로 자손이나 친척들이 가족 공동체 의식을 다지면서 조상을 숭모하고 나를 이 세상에 있게 해주신 어버이께 감사하는 기회가 되도록 해야 할 것이다. 예를 갖춘 제례 본래의 미풍양속을 계승하기 위해서는 현대인들이 쉽게 받아들일 수 있도록 편리성과 간소화에 역점을 두어야 할 것이다. 우리의 정신문화로 조상을 공경하는 의식이 되었으면 한다.

혼인 예식에 주례가 없어도 될까?

　혼례에는 주례가 있어야 할까? 없어도 될까? 혼인은 신성한 것이니까 혼인은 엄숙하고 성스러워야 한다. 일생에 뜻깊고 중요한 인륜대사(人倫大事)인 만큼 형식에 치우치기보다는 혼례의 진정한 의미를 깊이 새겨야 한다. 그러기 위해서는 예식을 주관하는 주례가 있어야 되지 않을까 싶다.

　요즈음 혼인예식문화는 국적이 없는 것 같다. 간혹 주례가 없는 혼인예식을 볼 수 있다. 신종 직업이 하나 생긴 것 같다. 사회자가 북 치고 장구 치고 모든 진행을 도(都)맡아 한다. 사회자가 "혼주 점촉이 있겠습니다." 하면 신랑 신부 새 사람이 다니는 중앙통로에 양가 여혼주가 먼저 걸어 들어가는 것은 천부당만부당(千不當萬不當)한 일이 아닐까. 한복(韓服) 패션쇼 하는 것도 아니고⋯⋯. 그냥 혼주석(婚主席)에서 나와 접촉하고 제자리에 들어가는 것이, 오늘의 주인공인 신랑 신부를 위하는 길인데, 새 사람들이 다니는 길에 먼저 조연배우[여혼주:女婚主]가 새치기하는 것은 한번 생각해 볼 일이다. 하객들을 모셔놓고 "신랑 입장" 하면 건들건들 춤추고 고함지르며 입장하는 모습을 가끔 볼 수 있는데 혼인을 장난으로 생각하는 것처럼 보인다. 행여 장난이 장난으로 끝날까 봐 걱정스럽다.

　신랑이 양가 부모님께 인사하는 것도 음양의 원칙에 의해 나를 낳아준 부모가 먼저인데, 처부모한테 먼저 하는 것도 짚어 볼 일이다. 어떤 신랑은 구두 신고 바닥에 무릎 꿇고 인사하는 것은 전혀 예(禮)에 맞지 않다. 우리 문화는 방에서 무릎 꿇고 절은 하지만 방이 아닌 곳에서는 경례(敬禮)를 한다. 그런데 신부는 왜 인사를 하지 않을까? 이 부분은 예식장 식순에는 없어야 된다고 본다. 신랑 신부 모두 집에서 부모님께 인사드리고 훈육

(訓育)을 받고 와야 될 부분을 예식장에서 하다 보니 어딘가 모르게 엉성하게 되는 것이다.

　주례는 신랑 신부에게 맞절을 시키고, 신랑 신부가 한평생 함께 살아가면서 지켜야 할 혼인서약(婚姻誓約)을 직접 작성해 오도록 하여 신랑이 신부에게, 신부가 신랑에게 직접 큰 소리로 서약하도록 한다. 주례는 성혼선언문을 가족과 친지 하객들 앞에서 낭독으로 혼인의 성립을 선언한다. 또 주례는 혼인을 축하해 주고 행복한 삶의 덕담과 언제나 꺼지지 않는 마음의 등불이 될 수 있는 덕담을 해 준다. 그리고 신랑 신부와 양가 혼주가 하객에게 인사를 하도록 한다. 산 사람은 부자(父子)가 함께 인사하는 것은 예(禮)가 아니다. 부자(父子)는 동급(同級)이 아니기 때문에 산 사람에게는 따로따로 하도록 해야 한다. 돌아가신 분의 제사나 상가(喪家)에서는 부자가 같이 절을 할 수 있으나 상주한테는 같이 해서는 안 된다. 혼인예식장에서는 오늘의 주인공인 신랑 신부가 하객에게 먼저 인사하는 게 도리다. 다음은 양가 혼주님이 하객에게 인사를 한다. 이때 신랑 신부와 양가 혼주님의 인사말을 주례가 대신하고 난 후 정중하게 하객에게 인사하게 한다.

부모와 집안 어른 하객분을 모셔 놓고 앞에서 보기가 민망할 정도의 이벤트는 삼가는 게 바람직하다고 본다. 우인(友人) 또는 신랑신부 중에서 건전하고 경쾌한 노래 한 곡 정도로 분위기를 신나고 아름답게 만들 수 있지 않을까.

혼인 예식의 식순을 보면 꼭 주례가 있어야 된다고 본다. 주례를 맡아 보시는 분은 예식장 문화에 좀 밝으신 분이 주례를 보셔야, 바른 예식이 되지 않을까 싶다.

옛 우리 문화의 바탕 위에 현대 문화를 접목하여 세대 간에 공감 주파수를 맞추어 혼례식을 거행한다면 아름다운 예식문화가 정착되리라 본다.

혼인은 신성한 것이다. 혼인은 조용하고 차분한 마음을 가지며 엄숙하고 성스러운 예식을 주관하는 주례가 꼭 있어야 되지 않을까 본다. 혼례는 혼례대로 마치고 난 후 2부 행사를 하는 게 바람직한 예식일 것 같다. 옛날에도 혼례를 마치고 난 후 가벼운 장난이 있었다.

결혼結婚과 혼인婚姻

　요즈음 결혼이라는 말을 많이 쓴다. 결혼식, 결혼했나, 결혼예식장, 결혼상담소, 결혼 날 받았나, 축 결혼 등.

　고례의 혼인 절차 명칭들이 남자 위주로 되었고 남자 쪽 입장만 말하는 것이다. 그렇기 때문에 '장가든다.'는 의미만 있는 '결혼'이라는 낱말이 쓰인다. '결혼'은 일본식 용어다. 결혼이라는 말 대신 혼인으로 사용하는 것이 바람직하다고 본다. 바른 예절은 사회생활의 바른 삶이다.

　우리나라의 헌법이나 민법 등 모든 법률에서는 '결혼'이라는 말을 쓰지 않고 반드시 '혼인'이라는 말을 쓴다. 고서(古書)에서도 남자와 여자의 입장을 모두 포함한

'혼인'이라는 말을 사용했다.

'혼인'이라는 말 대신 '결혼'이라는 말이 많이 써짐은 한번 생각해 볼 일이다. 혼인(婚姻)의 혼(婚)은 '장가들 혼' 자이고, '인(姻)'은 '시집갈 인' 자이다. 그래서 혼인은 '장가들고 시집간다.'는 뜻으로 남녀평등이다. '결혼'이라는 말 대신 '혼인'이라고 써야 될 것 같다. 예를 들자면 "구청(區廳)에 혼인신고 하러 간다."고 하지 "구청에 결혼신고 하러 간다."고 하지 않으며, 또 '혼인서약'이지 '결혼서약'이라고 하지 않는다. 결혼이 아니고 혼인이어야만 장가들고 시집가서 부부가 된다는 말이다.

우리나라의 혼례는 양(陽)이 가고 음(陰)이 온다는 뜻으로 해 질 무렵에 혼례(昏禮)를 거행했다. 신랑이 신부 집에 가서 혼인의 예를 올리고 나서 바로 신방을 차리니 신랑은 신부 집에 장가드는 것이다. 얼마의 기간을 보내고 신부가 시가(媤家)에 가는 것이 시집가는 것이다. 시집을 가면 그 집이 영원한 나의 집이 된다. 남자와 여자가 만나서 부부가 되는 일을 혼인이라고 하는 이유는 이랬다. 장가든다는 뜻의 글자가 혼(婚)이 된 까닭은

날 저물(昏) 무렵 여자(女)를 만나는 것이 장가드는 것이
고, 시집간다는 뜻의 글자가 인(姻)인 것은 중신하는 사
람(女)으로 인(因)하여 남자를 만난 것이 시집가는 것이
기 때문이다.

　남자와 여자가 부부가 되는 것을 '결혼'이라 한다면
남자가 장가드는데 여자는 그냥 따라가는 것이 될 것이
다. '혼인'이라 하면 남자는 장가들고 여자는 시집가는
것이니 우리나라의 전통혼인은 남녀평등의 의미를 갖
고 있다. 또 엄숙하면서도 매우 경제적이다. 가정의 예
(禮) 중에서 혼인의 예(禮)가 가장 근본이라고 말한다.

　예기(禮記)에 보면 "공경스럽게 정식으로 초빙을 하
여 혼인을 지내면 아내가 되고, 예(禮)를 갖추지도 못하
고 급하게 아무렇게 만나는 것은 첩(妾)"이라고 했다.

　이렇게 깊은 뜻을 알지 못하고 여권신장을 주장하는
여성들이 '결혼'이라고 말하는 것은 이해하기 어렵다.

　시집가는 신부 집에 주는 부조 봉투에 '축 결혼(祝 結
婚)', '축 화혼(祝 華婚)'이라고 쓰면 시집가는 신부에게 장
가드는 것을 축하하는 것이 되어 적합하지 않다. '혼인을

경하한다.'는 뜻인 '경하혼인(慶賀婚姻)'이 신랑 신부 모두에게 합당할 것 같아 권장할 만한 수례용어다.

일본식 용어인 '결혼'을 사용하고 있다는 것은 국가의 자존심을 잃은 행위로 깊이 자성해야 되지 않을까? 일제의 신조어인 '결혼'을 과감히 배척하고 유구한 역사 속에서 사용해온 '혼인(婚姻)'과 '잔치'란 우리의 아름다운 말을 사용해야 되지 않을까 '결혼'이란 말 대신 '혼인'이라는 바람직한 낱말을 사용했으면 좋겠다. 바른 예절은 사회생활의 바른 삶이다.

멸치는 문어文魚와 사돈査頓 안 한다

'멸치는 뼈대 없는 문어와 사돈을 안 한다.'라는 말이 있다. 이 말은 우리의 혼인 풍습을 멸치와 문어에 비유한 것 같다. 옛날에는 혼담을 주고받을 때는 양가의 사정을 잘 아는 중매인을 통해서 주로 했다.

뼈대 있는 집안, 근본이 있는 집안이라는 말은 삶이 어려워도 예의가 바르고 겸손할 줄 알고 소리 없는 베풂으로 살고, 가정이 화목하고 건강하고 작은 것에도 만족할 줄 알고 사람으로서 도리를 다하는 바른 삶을 사는 올바른 정신이나 바탕을 가진 집안을 두고 하는 말이 아닐까?

척추동물(脊椎動物)은 모두 뼈대가 있고 연체동물(軟

體動物)은 뼈대가 없다. 척추동물인 멸치[鱴:멸치 약] 집안과 연체동물인 문어(文魚) 집안의 혼담이야기 보따리를 풀어볼까. 문어 집안이 먼저 멸치 집안에게 중매인을 통해 사돈하자고 청혼을 했다. 멸치 집안은 노발대발하며 하는 말

"우리 멸치 집안은 뼈대 있는 집안이야, 풍채(風采)만 허였고 멀쩡지 뼈대 없는 문어와는 사돈할 수 없어요."

중매인으로부터 이 말을 전해들은 문어는

"바보 같은 것들! 속에 똥만 가득 차고 고기 중에 제일 약한 주제에 우리 문어 집안과 사돈 안 하겠다고, 그래도 우리는 속에 먹물이 든 집안이 아닌가."

우스개 이야기의 한 토막이다.

동물 중에 가장 총명하고 지혜로운 물고기를 문어(文魚)로 치는데 문어에는 글월 문(文)이 들어 있다. 몸에 항상 먹물을 갖고 다니니, 선비와 같아서 글을 쓸 줄 알고, 세상 돌아가는 이치를 안다고 여겨지는 동물이 문어(文魚)라는 것이다. 옛날로 치면 양반이나 선비가 문인(文人)이다. 세상 이치를 알고 글로 표현할 줄 아는 존재

가 사람일 경우는 문인이요, 물고기일 경우는 문어이며 곤충일 경우는 모기다. 모기 문(蚊)에 글월 문(文)이 들어가 있어 벌레 중에서 글 꽤나 읽을 줄 아는 곤충이 모기라는 말이다. 문어(文魚)처럼 모기도 문훼(文虫)라고 하지 않고, 합쳐서 문(蚊:모기 문)이라고 이름 지은 것은, 덩치도 문어에 비해 아주 초라하고, 사람을 물어 가렵게 만드니 밉살스럽고 얄미워서, 모기한테는 두 글자로 불러주기가 아까웠다. 우리 조상들의 지혜와 통찰력에 감탄한다.

혼인은 재물이나 권력보다는 당사자들의 인품과 성품, 부모님의 동네 인심이 우선해야 하지 않을까? 그리고 신랑감과 신붓감의 본관을 알아보고, 호적등본, 건강진단서, 최종 졸업증명서 등을 서로 주고받으며 무슨 종교인지 꼭 살펴야 되지 않을까? 비록 지금은 가난하더라도 근면 성실하고 진실한 사람이라면, 훗날에도 가난하리라고 볼 수 없지 않을까? 진실로 못난 사람은 지금 부모 덕에 풍부하여 모자람이 없이 잘 산다는 사람이다. 하지만 어찌 훗날까지 잘 살 수 있다고 보겠는가?

사위나 며느리를 잘못 보면 한 집안이 성하고 쇠락해질 수도 있지 않을까. 한때의 부자이거나 관직이 높은 것을 흠모하여 장가를 든다면, 시집을 간다면 남편 알기를, 아내 알기를 우습게 알지 않을까. 교만하고 질투하는 품성이 자리 잡으면 끝맺을 수 있을까? 연애를 하더라도 서로의 진실한 모습과 집안 인심을 알고 미래를 약속했으면 한다. 하도 세상에 가짜가 판을 치는 세상이라서….

배필을 만나면 한평생 희로애락을 함께해야 한다. 그러기 위해서는 서로 신의를 지키며 이해하고, 서로 미안해, 고마워, 사랑해 하며 부족함을 채워줄 수 있을 때, 가정의 행복을 미소 지으며 만날 수 있지 않겠나.

'중매는 잘하면 술이 석 잔이고 못하면 뺨이 석 대다.'는 속담이 있다.

중매인은 인격이 구비되고 성실한 사람이어야 한다. 양가의 사정을 잘 아는 사람이 양가를 오가면서 혼사를 성립시키기도 한다.

"뼈대 있는 멸치 집안과, 문벌이 있는 문어 집안 간에

사돈을 맺어도 손색이 없을 것 같습니다. 다리를 잘 놓아 술 석 잔을 대접 받으소서!"

자기 집안은 뼈대 있는 집안, 근본이 있는 집안이라고 생각하는 사람이 많다. 사람들은 늘 행실이 바르고, 늘 부족하다는 마음으로 사는 것이 바른 삶이 아닐까 싶다. 그런데 자만(自慢)과 과시(誇示)로 자신과 사회를 그르치는 일도 있다.

요즈음 우리나라는 예·의·염·치(禮義廉恥 : 예절과 의리와 청렴 및 부끄러워하는 태도)가 된서리를 맞고 있다. 버스나 지하철을 이용해 보면 알 수 있다. 그러나 우리 아이들 마음속에는 부끄러워하는 모습은 보인다.

우리 문화의 뿌리는 야생화처럼 다시 일어서고 있다. 그 뿌리를 잘라도 다시 일어서고 질긴 것이 우리의 것이다. 우리의 근본은 영원한 정신이다. 삶이 아무리 어려워도 예절이 바르고, 겸손할 줄 알고, 소리 없는 베풂으로 살면 그것이 바로 잘 사는 것이다. 가정이 건강하고 화목할 때 우리는 행복해지는 것이다. 작은 것에도 만족할 줄 알고, 사람으로서 도리를 다하는 삶을 사는 것이, 올바른 정신이나 바탕을 가진 뼈대 있는 집안, 근본이 있는 집안이 아닐까?

'남자를 가르치지 않으면 자기 집을 망치고, 여자를 가르치지 않으면 남의 집을 망친다. 그러므로 자녀에게 인성과 예절교육을 필히 가르쳐야 한다. 가르치지 못할 경우는 다 부모의 죄다.'라는 말이 있다.

반말

반말을 다른 말로 다정말(多情語)이라고도 한다. 남편과 아내 사이에 다정함이 없이 반말을 할 수가 없다.

반말은 낮은 목소리로 말을 해야 하고, 또 곁에서 소곤소곤 말하기, 말끝을 흐리멍덩하게 얼버무려 말을 해야 한다.

반말이란 온전한 문장이 되기에 앞서서 어느 지점에서 말하기가 끝이 났을 경우, 그 말 전체를 반말이라고한다. 즉 온전하게 나아가지 못하고 반쯤 정도 말했다는 뜻으로 반말이라고 옛사람들이 이름을 지었다.

미완성으로 끝나 버려야 반말하기가 되기에 그 말의 끝소리는 일정함이 없이 어느 것이 되어도 상관이 없다.

이 '반말'은 남편과 아내 사이에서만 사용하도록 되어 있다. 그 밖의 사람들에게는 사용이 금지되어 있는 것이 '반말'이다.

남편과 아내 사이에 서로가 무슨 이야기를 하고 있는지를 곁에 있는 사람도 모르도록 이야기하는 것이 가장 바람직스런 말하기다. 이것이 우리나라 내외간 말하기의 왕도이다. 함께 있는 사람도 알아들을 수 없도록 말을 하려고 하면 가까이 가서 나직한 목소리로 소곤거려야 되며 말끝소리가 흐리멍덩해야만 된다.

남편과 아내 사이에 있어서 서로 똑같이 반말을 해야 되는 그 이치는 남편과 아내 사이가 높고 낮음도 없고, 차례도 없고 오직 안과 밖만을 가지고 있는 동급이다.

한평생 길동무가 된다는 뜻에서 남편과 아내 사이를 배필(配匹)이라 한다. 남편은 바깥주인이 되고 아내는 안주인이 되어 서로 한집을 꾸려나가는 짝이 되니 짝벗이라고도 한다. 지극히 가깝고 지극히 밀접한 짝벗이 되다가 보니 곁에 있는 사람마저 알지 못하도록 귓속말로 소곤거리고 끝소리가 흐리멍덩한 '반말'이 알맞은 것이다.

일본사람들은 남편이 높고 아내가 낮은 남존여비(男尊女卑)가 되어 아내가 남편을 보고 꿇어앉아 절을 하며, 젓가락으로 반찬을 집어 입에 넣어 주기도 하고, 말은 공경말을 한다. 또 남편은 어디에서든지 자기 아내의 이름을 큰 소리로 부르고, 부름을 받은 아내는 하던 일을 그만두고 남편 앞에 가서 꿇어앉아 명령을 듣는다고 한다.

옛날 우리 선유(先儒)들이 일본 문화를 배우고 들어와 남존여비가 잠시 있었다. 남편에게 넥타이를 매어주고, 옷을 받아 걸고, 옷을 입혀주고 하는 것 등은 일본문화다.

부부간에는 말을 반말로 한다.

"밥 먹었어?"

"아직 안 먹었어."라고 한다.

반말로 건네고 반말로 답하게 되면 비로소 온 말이 되는 것이다.

반쪽과 반쪽이 만나 온 쪽이 되니 남편과 아내가 되는 것이다.

설과 세배

　음력 정월 초하룻날은 '설'이다. 우리 고유의 명절인 '설'을 두고 '구정(舊正)'이니 '신정(新正)'이니 하는 사람이 아직도 있다. 구정 신정이라는 말은 버리고 '설'이라는 아름다운 우리말을 사용하고, 바른 세배예절을 알고 행한다면 향기 나는 우리 문화가 꽃피워지리라 본다.

　'구정'과 '신정'이라는 말이 나온 것은 일제 강점기 때 '조선(朝鮮)의 향토오락(鄕土娛樂)'이라는 책을 1936년 일본총독부가 펴낸 이후부터다. 우리의 말과 글, 성, 이름까지 사용 못 하게 하고, 우리 민족의 문화(文化)와 정신(精神)을 뒤흔든 뼈아픈 과거가 있었다. '구정(舊正)'이라는 말은 일본제국(日本帝國)이 우리 민족의 얼과 문화를 아주 없애버리기 위해 '신정(新正)'이라는 말을 사용하면서 '구정(舊正)'이라는 말이 나왔다. 심지어 설을 쇠지 못하게 일주일 전부터 떡 방앗간 문을 강제로 닫게하였다. 이때부터 설도 양력설에 빼앗기게 되었다. 우리민족의 큰 명절 '설'을 '구정'이라는 말로 격하(格下)시켰다. 나라 잃은 민족의 설움을 우리는 잊어서는 안 된다. '구정'과 '신정'은 모두 일본식 한자어다.

이승만 초대 대통령이 "뭉치면 살고 흩어지면 죽는다."라고 했던 국민정서를 뭉치기 위한 말씀이 생각난다. 우리 모두 마음과 뜻을 하나 되게 하여 국력을 키워야 할 텐데.

설날 명칭의 유래를 살펴보면 확정된 설(說)은 없으나해의 첫날이라 낯설다고 설, 나이 먹기가 서러워 설, 새로운 한 해가 시작되니 해가 서는 날[입세일:立歲日]이라는 뜻으로 설이라 전해진다. 이제부터라도 '구정'이나'신정'이라는 말을 사용하지 말아야 되지 않을까? 아주오래전부터 '설'이라고 불러왔었다. '설'이라는 아름다운우리말을 사용해야 한다고 본다.

우리는 전통적으로 설날인 음력 정월 초하룻날 웃어른에게 세배(歲拜)를 한다. 그런데 세배가 먼저냐, 제사가 먼저냐 하는 것은, 돌아가신 조상이 먼저냐, 살아계신 어른이 먼저냐 하는 것이다. 제사를 지내고 세배를하는 가정도 있고, 세배를 먼저 하고 제사를 지내는 가정도 있다. 살아계시는 분이 더 두터우니까 세배를 먼저하고 그다음에 제사를 지내는 것이 합리적일 것 같다.

예절의 방위는 존자(尊者)가 앉은 뒤가 북쪽, 앞이 남쪽, 오른쪽이 서쪽이고 여자의 자리, 왼쪽은 동쪽이고남자의 자리다.

설날 제일 먼저 부부(夫婦)간 세배를 하는데, 남자는동쪽에서 서향하고 여자는 서쪽에서 동향하여 평절로맞절을 한다. 세배 후 서로 덕담을 나눈다. 부부간 세배가 끝나면 웃어른은 북쪽에서 남향해 앉되, 남자의 오른편에 여자가 앉아 세배 받을 준비를 한다. 아랫대는 남자어른 앞에 남자가 서고, 여자어른 앞에 여자가 서서큰절로 세배를 한다. 세배를 하고 어른 가까이 다가가꿇어앉으면 웃어른이 먼저 덕담을 내린다. 절을 하면서 말을 하는 것은 예(禮)가 아니다. 절인사와 말인사는 구분하는 것이 바람직하다.

　세배는 직계존속인 조부모(祖父母)에게 먼저 한 다음 부모에게 하고, 그다음에 방계존속인 백숙부모의 차례로 한다. 직계존속(直系尊屬)과 방계존속(傍系尊屬)은 직계비속(直系卑屬)에게 답배(答拜)를 하지 않으며, 직계존속, 방계존속, 시집을 가지 않은 나이가 많은 고모에게는 문밖절을 해야 한다. 세대별로 함께 웃어른에게 차례대로 세배를 한다.

　상(喪) 제례(祭禮) 의식에서는 존비(尊卑)에 관계없이 동시에 함께 절을 하지만, 살아계신 웃어른에게는 아들과 손자가 같이 절을 하지 않는다. (아들세대 먼저, 손자세대는 다음) 친구의 자녀, 자녀의 친구, 제자의 경우 하급자라도 성년이면 남이니까 답배를 해야 한다. 세배하는 이가 미성년이면 답배를 하지 않고 말로만 덕담을 해도 된다.

　옛날 배고픈 시절에는 세배상(歲拜床)에 만족하는 즐거움이었으나 요즈음은 세종대왕(世宗大王)과 신사임

당(申師任堂)을 좋아하는 세상이 되어버렸다. 세뱃돈은 경제적으로 큰 부담이 되지 않는 범위 내에서 절을 잘 한 것에 대한 칭찬의 표시로 줘야 되지 않을까? 세뱃돈 을 받기 위한 세배가 되어서는 안 된다는 것을 인식시 킬 필요가 있다고 본다.

구정 신정이라는 말은 버리고 '설'이라는 아름다운 우 리말을 사용하고, 바른 세배 예절을 알고 행한다면 향기 나는 우리 문화가 꽃피워지리라 본다.

중추中秋와 중추仲秋

오곡백과가 풍성하고 가장 밝은 달이 뜨는 음력 8월 15일을 '추석(秋夕)' 또는 '한가위'라 한다. 추석을 두고 선물 포장에 중추가절(中秋佳節) 또는 중추가절(仲秋佳節)이라 한자(漢字)글이 혼동되게 쓰이고 있는 것을 바르게 알고 사용해야 되지 않을까. 가운데 중(中) 자를 쓰는 중추가절(中秋佳節)이라는 문구를 사용하는 게 맞지 않을까 싶다.

가을은 음력으로 7월, 8월, 9월을 말한다. 가을을 맹추(孟秋) 중추(仲秋) 계추(季秋)로 한자(漢字) 표기한다. 버금 중(仲)은 가을의 두 번째 달 곧 음력 8월을 일컫는 중추(仲秋)이다. 가운데 중(中)은 삼추(三秋 : 孟秋, 仲秋, 季秋)의 꼭 반이 음력 8월 15일로 한가운데임을 나타내는 뜻으로 중추(中秋)라고 한다.

음력 8월 15일을 추석(秋夕)이라는 말 외에도 한가위, 가배(嘉俳), 가우(嘉優) 등이 있다. '한가위'에 '한'은 '크다', '가위'는 '가운데'라는 말이니 '한가운데'가 음력으로 8월 15일이라는 뜻이다. 추석은 가을 달이 밝은 저녁이라는 것이니 추석날 밤은 달빛이 평상시보다 더 유난히 밝기 때문에 또한 월석(月夕)이라고도 말한다. 한 해의 풍성한 수확의 기쁨을 즐기고 조상에게 감사함을 표하는 날이다.

추석은 우리나라 고유의 명절이다. 추석의 유래는 신라 3대 유리왕(儒理王) 9년 서기 32년에 임금이 도성(都城) 안의 아낙들을 두 편으로 가르고 왕녀가 책임자로 한 달 동안 삼베길쌈 내기를 하여 승부를 가려 추석날 진 편이 음식을 만들어 이긴 편을 대접하면서 춤추고 노래하며 즐거운 시간을 보냈다고 한다. 이때부터 추석 풍습이 생겨났는데 올해(2018년)로 1987회째가 되는 셈이다.

한가위의 명절음식으로는 송편(松䭏)이 있다. 멥쌀가루를 반죽하여 넓게 펴서 밤이나 콩으로 만든 소를 넣고 반달같이 오므려서 솔잎으로 켜를 깔아 찌면 향긋하게 송진 냄새를 풍기는 맛있는 송편이 된다. 송편은 왜 반달 모양으로 만들까? 삼국사기에 백제 의자왕 때 궁궐 안 땅속에서 거북이가 올라왔는데 그 거북 등에는 "백제(百濟)는 만월(滿月)이요, 신라(新羅)는 반월(半月)"이라는 글이 쓰여 있었다고 한다. 그 뜻을 궁중 점술가는 "백제의 의자왕은 만월이니 앞으로 서서히 기울고, 신라는 반월이니 앞으로 차차 커져서 만월이 될 것이다."라고 풀이하였다. 얼마 지나 신라가 삼국통일을 이루었다. 이때부터 신라는 전쟁터에 나갈 땐 반달 모양의 송편을 만들어 먹으며 승리를 기원하였다고 한다. 재미있는 구전(口傳)이야기다. 사람이 살아가면서 부족한 부문을 채워가는 여유 있는 삶이 미래를 번성케 하는 에너지가 되지 않을까.

추석은 버금 중(仲)을 쓰는 仲秋節(중추절)이 아니고 가운데 중(中)을 쓰는 中秋節(중추절)이 마땅하다.

한가위 날 선물할 때 쓰는 글귀는 中秋佳節(중추가절)이라 쓰는 게 맞지 않을까 싶다.

세世와 대代

명멍이도 족보가 있다는데 하물며 사람의 뿌리인 족보가 없어서야 될까? 특히 우리 한국인들은 족보와 성씨에 많은 집착을 하고 그것을 정체성(正體性)으로 삼고 있다는 것을 단적으로 짐작할 수 있다. 세(世)와 대(代)가 '같다' '다르다'에 대한 자기 족보를 철저히 검토 확인하여 오랜 세월 대대로 조상이 해온 대로 따르면 좋지 않을까 싶다.

족보에서 세(世)와 대(代)는 동의어(同義語) 즉 같은 뜻으로 조상과 후손의 차례 순위를 나타내는 셈수의 단위이다. '세손(世孫)'이나 '대손(代孫)'은 같고, '세조(世祖)'와 '대조(代祖)' 역시 같은 말 즉 동의어(同義語)이다.

세손(世孫) 대손(代孫)·세조(世祖) 대조(代祖)는 차례를 나타내는 말이 아니고 기준이 되는 사람과 상대와의 상호 호칭이다.

문중 사람들끼리 항렬(行列)을 알기 위하여 자기를 소개할 때는, "저는 시조(始祖)의 몇 세(世) 또는 몇 대(代)입니다." 라고 말한다. 어느 사람은 '누구는 몇 세 또는 몇 대'라고 하고, 또 어느 사람은 '누구는 몇 세손 또는 몇 대손' 하면 서로 항렬을 아는 데 혼돈이 생기니 "저는 몇 세 또는 몇 대입니다."라고 자기를 소개하면 위계를 바르게 알 수 있다.

세(世)와 대(代)의 쓰임을 바르게 정의하면 몇 세 또는 몇 대라 할 때는 기준이 되는 자신을 포함하여 헤아리나, 세와 대에 조(祖)나 손(孫)을 붙여 몇 세손(世孫)·몇 세조(世祖), 몇 대손(代孫)·몇 대조(代祖)라 할 때는 기준이 되는 자신을 빼고 헤아린다. 조상에게도 세(세조) 또는 대(대조)를 쓰고, 후손에게도 세(세손) 또는 대(대손)를 쓴다.

'세조(世祖)' '대조(代祖)'라 할 때의 조(祖)는 할아버지가 아니라 조상(祖上 : 자기 세대 이전의 모든 세대)이란 뜻이고, '세손(世孫)' '대손(代孫)'이라 할 때의 손(孫)은 손자가 아니라 자손(子孫 : 아들 손자 증손 현손 및 후손의 통칭)이라는 뜻이다. 1대조 1세조는 자기의 1대(代) 위의 조상 즉 아버지를 말하고, 1세손 1대손은 자기의 1대 아래인 자손 즉 아들을 말한다.

아들 손자 증손 현손도 나의 1대손(세손) 2대손(세손) 3대손(세손) 4대손(세손)이라 칭하지 않고 아들 손자 증손 현손이라 하며 현손 아래 자손부터 차례로 숫자로 일컬어 5대손(세손) 6대손(세손)……이라 한다. 현손(玄孫)을 흔히 고손(高孫)이라고 사용할 때도 있는데 그것은 잘못되었다. 직계비속(直系卑屬)에게 높을 고(高)를 쓰는 게 외람되다 하여 멀다는 뜻으로 현(玄:검을 현, 현손 현) 자를 쓴다.

5대손을 내손(來孫), 6대손을 곤손(昆孫), 7대손을 잉손(仍孫), 8대손을 운손(雲孫) 그리고 5대조를 현조(玄祖)라 하나 일반적으로 쓰지 않는다.

'4대 봉사(四代奉祀)한다.'는 말은 아버지 한 대(代),

할아버지 한 대, 증조(曾祖) 한 대, 고조(高祖) 한 대 즉 4대 봉사한다는 말이고, 여기에 불천위(不遷位) 조상 한 대를 더 봉사(奉祀)하면 '5대 봉사한다.'라고 말한다.

할아버지 아버지 손자가 한집에 살면 3대가 같이 산다고 말한다.

예) 족보에 시조(1세)로부터 39대(세)이면 나는 시조의 38대(세)손이 되고, 시조는 나의 38대조(세조)가 된다.

많은 성씨와 그 후손들이 자기 가문의 족보에 세와 대를 '같다'라고 사용하는지, 또는 '다르다'라고 사용하는지 잘 살펴보아야 할 것이다. '반풍수 집안 망친다.'는 속담처럼 잘못하여 둔갑하는 경우 망발(妄發)이 일어나므로 '세(世)와 대(代)'의 쓰임에 대한 자기 족보를 철저히 검토 확인하여야 할 것이다. 오랜 세월 대대로 조상이 해온 대로 따르면 좋지 않을까 싶다.

가哥 자와 씨氏 자 바르게 사용

말을 바르게 사용하는 사람은 그 말에 따라 마음가짐도 바르게 되리라 본다. 말을 틀리게 사용하는 사람은 옳고 그릇됨을 가려냄에 있어서 어려움이 따를 것이다. 훌륭한 사람은 틀린 말이었음을 지적받으면 기뻐하고 감사하게 생각한다. 틀린 말을 지적받고도 부끄러워할 줄 모르는 사람이 없는 밝은 사회가 되었으면 좋겠다. 우리말 언어를 바르게 가르치고 바르게 전달되어 다 같이 예쁘게 사용되었으면 한다. 고운 말 우리말 바로 알고 씁시다.

성씨(姓氏)에 관해 알아보면 자기 성(姓)을 남에게 말할 때는 겸손하게 자기 성(姓) 밑에 '가(哥:성 가)' 자를 붙인다. '가(哥)' 자는 성 가(哥) 자를 써야 되는데, 어떤 사람은 모르고 집 가(家) 자를 쓰는 경우가 더러 있다. 바로 알고 바르게 사용할 수 있도록 자녀 교육에 도움이 되었으면 한다. 예를 들면 손가(孫哥), 이가(李哥), 박가(朴哥) 등으로 쓴다.

관향(貫鄕:본관, 本貫)과 성씨(姓氏)를 함께 말할 때는 관향 밑에 성(姓)에다 씨(氏) 자(字)를 붙여야 한다. 예를 들면 密城孫氏(밀성손씨), 達城徐氏(달성서씨), 水原白氏 (수원백씨) 등이다.

보통 사람들 사이에 흔히 자기를 겸손하게 말해야 된다고 관향성(貫鄕姓) 밑에 가(哥) 자(字)를 붙여 말하는 경우가 있는데 그것은 잘못 알고 있는 것 같다. 密城孫哥, 達城徐哥, 水原白哥, 安東金哥 등으로 말하는 것은 잘못된 말이다.

잘못된 이유는 관향(貫鄕:本貫)은 시조(始祖)의 고향이지만, 시조를 상징하는 뜻이 담겨 있으므로 시조를 비하(卑下)하는 용어는 성립되지 않는다. 자기는 겸손하게 말해야 되지만 조상(祖上)까지 합하여 겸손하게 말해서는 안 된다.

집단(단체)을 말할 때도 관향 밑에 성씨(姓氏)를 붙인다. 예를 들면 密城孫氏宗中會(밀성손씨종중회), 達城徐氏宗務所(달성서씨종무소) 등이다. 족보(族譜)의 표지에도 密城孫氏竹院派世譜(밀성손씨죽원파세보) 達城徐氏縣監公派世譜(달성서씨현감공파세보) ……등이다.

자기의 성(姓) 이외 남의 성에는 지위고하(地位高下 : 연장자, 연하자, 手上, 手下)를 막론하고 성(姓) 밑에 씨(氏) 자를 붙인다. 예를 들면 밀양박씨(密陽朴氏), 안동김씨(安東金氏), 경산이씨(京山李氏) 등이다. 며느리(子婦:자부)도 성(姓)이 다르므로 성(姓) 밑에 씨(氏)를 붙인다. 예를 들면 李氏, 尹氏, 碧珍李氏(벽진이씨), 坡平尹氏(파평윤씨) 등이다.

자기 이름을 남에게 말할 때는 이름자에 字(자)를 붙이지 않는다.

성(姓)에도 자(字)를 붙이지 않는다.

문 : 댁의 성(姓)은 어떻게 되십니까?

답 : 저는 손가(孫哥)입니다.

문 : 댁의 성함(姓銜)은 어떻게 되십니까?

답 : 손세현(孫世弦)입니다.

문 : 댁의 본관(本貫)은 어떻게 되십니까?

답 : 밀양손씨(密陽孫氏)입니다.

문 : 춘부장(椿府丈:남의 아버님의 높임말)님의 함자
　　(銜字)는 어떻게 되십니까?

답 : 손(孫), 진(振) 자 돈(暾) 자입니다.

사람이 살아가면서 만나고 헤어지고 서로 배우고 익히며 바른 행동으로 살아간다면 자신도 모르는 사이에 공명정대(公明正大)한 사람이 되지 않을까.

우리말 언어를 바르게 가르치고 바르게 전달되어 다같이 예쁘게 사용되었으면 한다. 고운 우리말을 바로 알고 씁시다.

구舅 자와 생甥 자

한자(漢字)의 자원(字源)과 자해(字解)를 살펴보면 더러 재미있는 한자가 있다. '구(舅)' 자와 '생(甥)' 자에는 여러 가지 호칭이 들어 있다. 늘 궁금하였는데 그 연유를 얼마 전에 알게 되었다. 어릴 때 고종사촌들과 함께 방에서 놀면 엄마는 "방문을 열어 놓고 놀아라."고 하셨다. 무슨 뜻인지 영문도 몰랐는데 훗날 엄마의 말씀에 깊은 뜻이 있다는 것을 알았다.

신라와 고려 시대 때 왕가에서는 근친과 혼인을 하였다. 근친혼은 왕실과 왕권의 안정과 강화를 위해하였다. 그러나 후손이 없는 사람이 많고, 왕가가 사실은 번성하지 못했다. 우생학(優生學:인종개량학)적 견지에서 가까운 혈육 간의 혼인은 기피한다. 현행 민법에 '8촌 이내의 혈족 간에는 혼인할 수 없다.'고 되어 있는 바와 같다.

12세기경 학자가 고종사촌 오빠와 외사촌 여동생의 혼인을 보고 만들어진 한자(漢字)가 구(舅) 자와 생(甥) 자였다. '구(舅)' 자의 자해(字解)는 시아버지 구, 외삼촌 구, 장인 구, 처남 구로 되어 있다. '시아버지 구(舅)' 자는 외사촌 여동생(아내)한테 고종사촌 오빠(남편)의 아버지(고모부)가 시아버님이 되니 '시아버지 구(舅)' 자가 되었다. '외삼촌 구(舅)' 자는 외사촌 여동생(아내)의 아버지가 고종사촌 오빠(남편)의 외삼촌이 되니 '외삼촌 구(舅)' 자다. '장인 구(舅)' 자는 외사촌 여동생(아내)의 아버지가 고종사촌 오빠(남편)의 장인이 되니 '장인 구(舅)' 자가 되었고, '처남 구(舅)' 자는 외사촌 여동생(아내)의 아버지가 고종사촌 오빠(남편)의 아버지한테는 처남이 되니 '처남 구(舅)' 자가 되었다.

세 가지 한자를 더 만들어보면 처남과 자형은 사돈 간이 되었으니 '사돈 구(舅)' 자, 처남은 사돈이 자형이 되니 '자형 구(舅)' 자, 외사촌 여동생(아내)의 시아버지가 고모부가 되니 '고모부 구(舅)' 자가 될 수도 있을 것 같다.

'생(甥)' 자의 자해(字解)는 생질 생, 사위 생, 외손자 생이다. '생질 생(甥)' 자는 외삼촌의 사위가 생질이다 보니 '생질 생(甥)' 자가 되었고, 외삼촌의 생질이 사위가 되었으니 '사위 생(甥)' 자가 되었다. 사위와 딸의 자식이 외손자가 되니 '외손자 생(甥)' 자가 만들어졌다. 가계도를 그려서 보면 쉽게 이해가 갈 것이다.

"방문을 열어 놓고 놀아라."는 엄마의 말씀이 행여나 '구(舅)' 자와 '생(甥)' 자와 같은 호칭이 생길까 봐 염려하시는 말씀이 아닌가 싶다. '구(舅)' 자와 '생(甥)' 자에 여러 가지 호칭이 들어가 있는 것은 고종사촌과 외사촌의 혼인에 의해 생겼다고 볼 수 있다.

예절방위와 상하석 上下席

일상생활이나 각종 행사의 의식절차에는 방위와 상하석의 기준이 기본으로 중요하다. 현대생활 여건에 크게 차질이 없는 한 우리의 전통을 살렸으면 한다. 오랜 관습을 통해 합리적으로 정립된 한국 고유의 전통방식으로 의식행사의 방위와 석차에 의해 우리 고유의 예법에 따르는 것이 바른 예절이 아닐까.

예절에서 방향은 전후좌우(前後左右)라고 하지 않고 동서남북(東西南北)이라 한다. 전후좌우는 누구의 전후좌우인지 분간을 할 수 없으므로 그 혼란을 막기 위해서다.

예절의 동서남북은 자연의 동서남북과 관계없이 예

절을 하는 장소에서 제일 상석(上席:윗자리)이 북쪽이고, 상석의 앞쪽이 남쪽이며, 왼쪽이 동쪽이고, 오른쪽이 서쪽이 된다. 그 이유는 상석에 웃어른이 남향(南向)해 앉아야 하기 때문이다.

제례(祭禮)에서는 신위(神位)를 모시는 곳이 북쪽이고, 혼인(婚姻)예식에서는 주례(主禮)가 있는 곳이 북쪽이고, 사무실에서는 제일 상급자가 있는 곳이 북쪽이고, 교실에서는 선생님이 계신 교단이 북쪽이고, 행사장에서는 단상이 북쪽이 된다.

묘지(墓地)에서는 그 묘지가 어디를 향했든지 북쪽에서 남향한 것으로 본다. 모든 건물(사당:祠堂 등)은 어느 쪽을 향했던 북쪽에서 남향한 것으로 보아 예절의 동서남북을 정한다. 예절의 방위와 자연의 방위는 일치할 수도, 그렇지 않을 수도 있다.

예절방위의 특례(特例)에는 특정 자연인을 기준으로 말할 때는 누구의 좌우라고 말할 수도 있다. 특정 자연인을 기준으로 말하지 않고 그냥 전후좌우라고 말할 때는 웃어른의 전후좌우를 의미한다.

상중제례(喪中祭禮)나 제사 때 축관(祝官)의 위치는 우제(虞祭) 때는 주인의 오른쪽, 졸곡(卒哭)부터는 주인의 왼쪽이다.

흔히 우리들은 '남좌여우(男左女右)' 즉 '남동여서(南東女西)'라는 말을 한다. 평상시 공수(拱手)할 때 남자는 왼손이 위로 가고, 여자는 오른손이 위로 가게 한다. 자신을 기준으로 하여 왼쪽이 동쪽이고 오른쪽이 서쪽이 된다. 동쪽은 해가 뜨는 곳이니 양(陽)이고 양은 남자이다. 서쪽은 해가 지는 곳이니까 음(陰)이고 여자이다. 그래서 남자는 왼손이 위로, 여자는 오른손이 위로 가게 한다. 남녀가 함께 의식(儀式)을 하거나 여러 사람이 함께 예절을 행할 때는 예절의 동서남북에 따르는 것이다.

상하석(上下席)의 기준을 보면, 산 사람은 동쪽이 상석이고 서쪽이 하석이다. 중앙(中央)과 양단은 중앙이 상(上)이고, 북쪽과 남쪽은 북쪽이 상이다. 높은 곳과 낮은 곳은 높은 곳이 상이고, 앞쪽과 뒤쪽은 앞쪽이 상이다. 편리(便利)와 불편(不便)은 편리한 곳이 상이고, 안전한 곳과 위험한 곳은 안전한 곳이 상이다. 웃어른을 안전하게 모시는 것이 당연한 공경의 도리(道理)다.

상석(上席)에 가까운 곳이 상이다. 남자와 여자는 남자가 상이다. 이것은 남존여비(男尊女卑)사상이 아니라 양(陽)과 음(陰)으로 해석해야 한다. 남자는 양(陽)이고 여자는 음(陰)이며, 양인 하늘이 위에 있고, 음인 땅이 아래에 있기 때문에 양(陽)이 상(上)이고, 음(陰)이 하(下)라는 의미이다. 남자인 아버지가 동쪽에 앉고, 여자인 어머니가 서쪽에 앉는다. 혼례에서도 남자인 신랑이 동쪽이고, 여자인 신부가 서쪽이다. 제례(祭禮) 때도 남동여서(男東女西)다.

행사장에서도 상(上)자리인 단상에서 보면 왼쪽(동쪽)은 주최 측 임원이 앉고 오른쪽(서쪽)에는 내빈(來賓)이 앉는다.

죽은 사람의 경우는 산 사람의 경우와 다르다. 죽은 사람의 경우는 산 사람과는 정반대이다. 죽은 사람이나 무생물(無生物)은 서쪽을 상(上)으로 한다. 그 이유는 살았다는 것은 양(陽)이고, 방위는 동쪽을 상(上)으로 한다. 죽었다는 것은 음(陰)이고, 방위는 서쪽을 상(上)으로 하는 것이다. 산 사람은 해가 뜨는 동쪽을 상으로 하지만, 죽은 사람은 해가 지는 서쪽을 상으로 한다. 제례에 신위(神位)를 모실 때와 묘지(墓地)에 시신(屍身)을 매장할 때는 서쪽을 상으로 해서 웃어른 또는 남편의 신위나 시신을 서쪽에 모시고, 부인은 동쪽에 모신다.

현행 각종 행사에서의 좌석 배치와 석차를 어떻게 해야 바른 것인지와 일상생활상의 석차를 알아보면, 혼인예식장에서 신랑은 동쪽, 신부는 서쪽이다. 우리나라와 세계의 모든 종교의식이 다 그렇다. 주례의 왼쪽(동쪽)에 신랑이 서고, 주례의 오른쪽(서쪽)에 신부가 선다. 신랑측 혼주는 주례의 왼쪽(동쪽) 혼주석에 앉고, 신부측 혼주는 주례의 오른쪽(서쪽) 혼주석에 앉는다.

절 받는 부모의 바른 위치를 보면, 며느리의 폐백을 받는 시부모는 시아버지와 시어머니가 상석에 앉는데 시아버지가 왼쪽(동쪽)이고, 시어머니가 서쪽(오른쪽)이다(구동고서:舅東姑西). 생신이나 명절에 자손한테 절을 받을 때는 아버지가 동쪽(왼쪽)에 앉고, 어머니가 서쪽(오른쪽)에 앉는다. 절하는 사람은 남자 앞에 남자, 여자 앞에 여자가 서서 절을 한다.

현대생활 여건에 크게 차질이 없는 한 우리의 전통을 살렸으면 한다. 오랜 관습을 통해 합리적으로 정립된 한국고유의 전통방식으로 의식행사의 방위와 석차에 의해 우리 고유의 예법에 따르는 것이 바른 예절이 아닐까.

공수拱手법

우리가 어른을 모시거나 의식 행사에 참석하면 공손한 자세를 취해야 하는데 그 방법은 두 손을 모아 잡는 것이며 이것을 공수라 한다. 어른 앞에서 뒷짐을 지는 것은 우리의 공손한 자세가 아니다. 어른을 모실 때와 의식 행사에 참석할 때는 반드시 공수를 해야 한다. 공손한 자세는 어른에게는 공손한 인상을 가질 수 있도록 해야 하고, 공손한 자세를 취하는 사람에게도 편안한 자세가 되어야 한다.

태양 광선은 생명의 원천(源泉)이기 때문에 생명이 있는 것은 태양 광선을 잘 받는 남쪽으로 향하는 것이 원칙이다. 남쪽을 향하면 왼쪽이 동쪽이고 오른쪽이 서쪽이다. 동쪽은 해가 뜨니까 양(陽)이고, 서쪽은 해가 지니까 음(陰)이다.

남자는 양(陽)이기에 남자의 방위는 동쪽이고, 동쪽은 왼편에 있으니 남좌(男左)이다. 여자는 음(陰)이기에 여자의 방위는 서쪽이고, 서쪽이 오른편에 있으니 여우(女右)이다. 즉 '남좌여우(男左女右)'라는 것은 남자는 동쪽, 여자는 서쪽 '[南東女西]'이라는 뜻이다.

평상시의 공수는 남자는 왼손을 위로 가게, 여자는 오른손을 위로 가게 포개어 잡는다. 왼쪽은 동(東)쪽이고 해가 뜨는 동쪽이 양(陽)이기 때문에 양(陽)인 남자는 왼손을 위로 하고, 오른쪽은 서(西)쪽이고 해가 지는 서쪽은 음(陰)이기 때문에 음(陰)인 여자는 오른손을 위로 공수(拱手)한다. 즉 공수할 때의 손의 모습은 위로 가는 손바닥으로 아래 손등을 덮어서 포개어 잡는데 두 엄지손가락은 깍지 끼듯이 교차시킨다.

흉사(凶事) 시의 공수는 평상시와 반대로 남자는 오른손을 위로 하고, 여자는 왼손을 위로 한다. 흉사(凶事)란 사람이 죽은 때부터 졸곡(卒哭, 약 100일간) 직전까지를 말한다. 상가(喪家)의 가족이나 손님, 영결식장, 상(喪)을 당한 사람에게 인사를 할 때는 흉사시의 공수를 한다. 상가에서 초우(初虞) 재우(再虞) 삼우제(三虞祭)는 흉사에 속해 흉사의 공수를 하지만, 졸곡(卒哭)부터의 상중 제례는 흉사가 아니고 길사(吉事)이기 때문에 남자는 왼손, 여자는 오른손을 위로 한 공수를 한다.

공수하고 앉을 때는 남자는 두 다리의 중앙이나 아랫배 부위에 공수한 손을 얹고, 여자는 오른쪽 다리 위나 세운 무릎 위에 얹는다.

어른 앞에서 뒷짐을 지는 것은 공손한 자세가 아니다. 어른을 모실 때와 의식 행사에 참석할 때는 반드시 공수를 해야 한다. 공손한 자세는 어른에게는 공손한 인상을 가질 수 있도록 해야 하고, 공손한 자세를 취하는 사람에게도 편안한 자세가 되어야 할 것이다. 공손한 자세는 반드시 공수를 해야 맞지 않을까 싶다.

조문예절 弔問禮節

생물체는 태어나서 어떠한 경로를 거치든 간에 성장하였다가 일정한 기간이 지나면 사라지게 된다. 사람 또한 이 세상에 태어났다가 죽는 것이다. 오직 사람은 살아 있는 동안에 부모와 조상의 은혜를 갚는 것과, 남에게 받은 것을 갚도록 노력한다. 즉 사람다운 삶과 죽음을 맞는 것이 동물과 다르다.

우리는 우리의 것을 너무 잊으려고 한다. 우리의 것을 지키는 사람을 천하의 못난이로 생각하고 있다. 상례의 근본 뜻을 생각지도 않는 결과가 우리의 고유 정신이 사라지고 국적 없는 상례가 되어 버렸다. 근세에 내려오면서 상례는 점차 간소화되어 현재에는 아주 간단한 의식으로 치러지고 있다.

가족 친척 친지에게는 자기들의 뿌리, 또는 같은 가지가 떨어져 없어져 버리는 일이므로 참으로 슬프고 비통한 일이다. 슬픔을 다해 장례를 치러야 할 것이며, 돌아가신 분 섬기기를 살아 계실 때처럼 뫼시고 어버이와 조상의 은혜를 잊지 말아야 할 것이다.

성복(成服) 전에 조문할 때는 조문객은 망인이나 상주에게 절을 하지 않으며, 상주 역시 문상객에게 절을 하지 않는다. 상주는 성복전에는 곡(哭)으로 조문객을 맞이하고 곡으로 답할 뿐이다. 오늘날 3일 장례가 보편화되면서 성복전이라도 조문을 하는 경우가 있다. 그러나 문상을 가더라도 상가의 절차를 생각하여 입관이 끝난 후에 영좌가 마련되면 조문 가는 것이 마땅하다.

조상(弔喪)과 문상(問喪)을 합쳐서 조문(弔問)이라 한다. 죽은 사람에게 예를 표시하는 것을 조상(弔喪)이라 하고, 상주에게 인사하는 것을 문상(問喪)이라 한다. 옛날 우리 조상(祖上)의 조상(弔喪)하는 법과 문상(問喪)하는 법에서 보면, 죽은 이와 생전에 친분이 있으면 죽은 이에게 조상(弔喪)하고 상주에게 문상하였다. 단 죽은 이를 생전에 알지 못하고 상주와 친분만 있다면 죽은 이에게 조상하지 않고 상주에게만 문상하였다고 한다. 또한 옛날에는 죽은 이가 여자일 때 내외법(內外法)이 엄격하여 상주에게만 문상하였다고 한다. 현대는 상주의 모상(母喪)이나 조모상(祖母喪)인 경우는 윗세대이기 때문에 알음의 유무에 관계없이 영좌에 곡이나 절, 묵념으로 조상을 하고 나서 상주와 문상하는 것이 일반화되어 가고 있다.

장례식장에 조문 갈 적에는 예의에 맞게, 의복은 꼭 단정하게 소박(素朴)한 옷을 차려 입는 것이 기본예절이다. 요즈음 조문 갈 때 상복과 같이 검은 옷에 검은 넥타이를 매고 가는데 이것은 본래 조문하는 예에 어긋나는 것이다. 조문을 가는 사람은 복인(服人)이 아니기 때문이다. 급하게 연락을 받아 정장을 준비하지 못하였으면 단정한 옷을 입고 문상하는 것이 좋을 것이다. 그리고 요란스럽게 화려한 색의 옷이나 패물을 지니며, 지나

친 화장을 하는 것은 장례식장의 예의가 아니다.

현재 상복(喪服)은 외국문화로 검은 양복에 완장을 차고 있는 현실이다. 우리의 상복 복장은 점점 사라지고 있다. 전통 상복은 거추장스러워 입지 않더라도 머리에 두건(頭巾)을 쓰고 우리 한복 흰색 두루마기 흰색 치마 저고리에 흰색 고무신을 신는 게 우리의 상복이고 우리의 문화를 지키는 것이 아닐까 싶다.

조문객이 오면 상주는 곡을 한다. 그런데 요즘 상가에는 슬픔이 사라져 버렸는지 곡소리 듣기가 까마득하다. 상가에 가면 빈소에 들어가 먼저 상주와 목례를 한 다음 영정 앞에 무릎을 꿇고 성냥이나 라이터로 향불을 붙이고 손바닥으로 바람을 일으켜 불을 끈 후 향로에 꽂는다. 간혹 입으로 불을 끄는 경우가 있는데 이는 예의가 아니다.

향로에 향을 꽂은 후에는 영정을 향해 두 번 절을 해야 하는데 상가(喪家)에서는 평상시와 반대로 남자는 오른손이, 여자는 왼손이 위로 가도록 해야 한다. 절을 할 때 여자는 원래 음양의 원리에 따라 4배를 해야 하지만 최근에는 성별에 관계없이 재배(再拜)로 바뀌고 있다. 고인에게 예를 드리고 난 후 상주와 맞절을 한 번만 하고 "삼가 고인의 명복을 빕니다." "상심이 크시겠습니다." "뭐라고 드릴 말씀이 없습니다." 등으로 위로의 인사를 드린다. 상주의 답은 "오직 망극할 따름입니다." "불효하기 그지없습니다." "오직 슬플 따름입니다." 등의 말로 간단하게 대답한다.

고인이 편하게 돌아가셨거나 천수를 누렸다고 해도 호상(好喪)이라는 말은 상주나 조문객으로서 해서는 안 되는 말이다. 고인을 위해 슬픔을 다해야 한다. 또 우환(憂患) 기간 내 어떠어떠했다느니, 치매로 몇 년간 고생한 이야기 등으로 상주가 말을 많이 하면 예(禮)가 아니다.

조문을 하고 난 후 음식을 대접 받으면서 주의할 점은, 잔을 부딪쳐 건배하는 행위는 삼가야 하며, 술은 과음하지 않는 게 예의다. 크게 웃거나 떠들고 하는 것은 좋지 않다. 유가족과 계속 이야기하는 것도 예(禮)가 아니다.

상주에게 악수를 청하여도 안 되며, 상주가 조객을 웃는 얼굴로 맞이하거나 조객을 문밖까지 나와서 배웅하는 일도 예(禮)가 아니다. 상주는 빈소만 지키고 조문만 받는다.

예기(禮記)의 단궁(檀弓)편에 죽었을 때 조문을 하지 않는 경우는 자살한 사람, 교도소에서 죽은 사람, 위험한 곳에 깔려 죽은 사람, 물에 빠져 죽은 사람이라고 했다. 즉 목숨을 귀하게 여기지 않고 순간의 잘못으로 죽는 것, 국가에 불충, 부모에 불효하는 자는 용서할 수 없는 것이라 해서 외사(畏死), 압사(壓死), 익사(溺死)를 경계하는 뜻에서이다. 그러나 근친 간이나 절친한 사이면 조문을 하는 경향(傾向)이다.

종교마다 조문예절이 다르다. 이때는 자신의 종교보다는 상가(喪家)의 종교에 맞는 예법을 따르는 게 바람직하다. 영정 앞에 향 대신 흰 국화가 놓여 있으면 꽃을 제단 위에 놓고 묵념이나 기도를 올리면 된다. 꽃의 방향 때문에 혼란스러운 경우가 있다. 고인에게 예를 드리기 때문에 받기 편하게 꽃의 줄기가 고인을 향하게 놓아야 한다.

　여러 명이 조문을 할 때는 대표 한 사람만 분향하는 게 바람직하다. 상주와 맞절을 할 때는 상주가 조문객보다 먼저 절을 시작하고 일어설 때는 조문객보다 늦게 일어나야 한다. 이것은 주인이 손님을 대접하는 예(禮)이고 조문을 와서 고맙다는 표시이다. 그러나 상주와 조문객이 존비(尊卑)의 차이가 있으면 아랫사람이 윗사람에게 먼저 절하고 조사(弔辭)의 말을 한다.

　여자 조문객일 경우는 안상주가 맞이하는 것이 예(禮)다. 만일 죽은 이가 맞절이나 답배를 하지 않아도 될 아랫사람이면 묵념이나 곡만 하고 절이나 경례는 하지 않아도 된다.

　친구의 처상(妻喪)이나 남편상일 경우는 망인과 지면(知面)이 있어 어려움 없이 지내던 사이면 영좌에 곡한다. 만일 지면이 없었다면 영좌에는 곡과 절을 하지 않고 잠시 묵념한 후 상주에게 문상한다.

　내간상(內艱喪:어머니나 할머니의 상사)이면 남편이 주상이므로 망인의 남편에게 먼저 문상한 다음에 아들

상주와 문상한다.

죽은 이가 손아래일 경우 무배례(無拜禮)가 있으나 처상(妻喪)에는 배례(拜禮)를 해야 한다.

동기회, 향우회, 직장인, 계원 등 고인의 문상만 하기는 아쉬워 조문객이 단체로 갈 때 약간의 주과포를 준비하여 고인에게 전(奠)을 올리고 분향한 후 영전에 조사(弔詞)나 조시(弔詩)를 읽은 후 곡하고 재배한다. 이런 방법으로 조문하는 것도 바람직하다.

영좌에 남녀 상주가 양편으로 있을 경우, 남녀 상주에게 모두 조문할 때는 조금 물러서서 조문객과 상주들이 동시에 절하고 조문 인사를 한다. 여상주에게 조문할 처지가 아닐 경우는 남상주에게만 조문한다.

향불은 세 개를 피우는 것이 원칙이다. 세 개의 향불은 천신(天神)과 지신(地神) 그리고 조상에게 고한다는 의미를 담고 있다. 요즈음에는 실내 공기오염으로 상주들의 건강을 생각해서 한 개를 꽂아도 예에 벗어나지 않는다. 개수는 홀수로 한 개나 세 개를 한다. 홀수는 좋은 숫자를 뜻한다. 영정 앞에서 올리는 절은 한 번은 천신에게 잘 받아 달라는 의미이고, 두 번째는 지신에게 잘 떠나게 해 달라는 의미다.

음양에 따르면 1은 양(陽), 2는 음(陰)을 뜻한다. 즉 살아 있는 사람이 양이고 죽은 사람은 음이기 때문에 고인에게는 절을 두 번 한다. 상주와 하는 절은 한 번만 한다.

조의금 봉투에 문구는 삼우(三虞) 전이면 돈 부조는 부의(賻儀)·조의(弔儀), 조화(弔花)에는 근조(謹弔)라고 쓴다. 삼우(三虞) 후에는 향촉대(香燭代)라고 쓰고 탈상·소상·대상에는 전의(奠儀)로 쓰는 것이 가장 무난하다.

축의(祝儀)나 부의(賻儀) 시 금품을 부조할 때는 거래의 뜻이 아니므로 '일금(一金)'으로 쓰지 않고 금품(金品)이므로 '금(金)'이라고만 쓰고 '정(整)'도 쓰지 않는다. 단자에 '金○○○원'이라 쓴다. 영수증을 쓰듯이 '일금000원정'으로 쓰면 안 된다.

상주가 서는 위치는 신위 쪽에서 볼 때 왼편에 남자 상주, 오른편에는 여자 상주가 선다.

가족 친척 친지에게는 자기들의 뿌리, 또는 같은 가지가 떨어져 없어져 버리는 일이므로 참으로 슬프고 비통

한 일이다. 상가에는 슬픔의 곡소리가 끊어져서는 안 된
다. 슬픔을 다해 장례를 치러야 할 것이며, 돌아가신 분
섬기기를 살아 계실 때처럼 뫼시고 어버이와 조상의 은
혜를 잊지 말아야 할 것이다.

자연장自然葬

우리나라의 장례문화가 매장(埋葬)에서 화장(火葬)문화로 80~90% 정착 되어가고 있다. 매장은 자연환경을 훼손할뿐더러 후손들이 묘소관리에도 어려움이 많다.

자연장 주변은 아름다운 숲으로 둘러싸여 있고 고요하며 산새소리 바람소리를 들을 수 있는 아름다운 곳이다. 사용 면적이 적고 석물이 없어 아주 경제적이다. 후손들의 묘소관리에도 편리하지 않을까 싶다.

자연장(自然葬)이란 화장한 유골(遺骨)의 골분(骨粉)을 수목(樹木)·화초(花草)·잔디 등의 밑이나 주변에 묻어 장사(葬事)하는 것을 말한다. 자연장 관련 용어에는 수목을 이용하는 경우를 '수목형자연장', 화초를 이용하는 경우를 '화초형자연장', 잔디를 이용하는 경우를 '잔디형자연장'으로 부를 수 있다.

자연장의 방법은 지면(地面)으로부터 50cm 이상의 깊이에 화장한 골분을 묻되 용기를 사용하지 않는 것이 맞지 않을까? 용기를 사용하지 않는 경우에는 흙과 섞어서 묻어야 한다. 꼭 용기를 사용하고자할 때에는 부패(腐敗)되는 것으로 문종이, 오동나무 등 천연 소재로서 생화학적으로 분해가 가능하거나 수분에 의하여 형체가 허물어지는 용기를 사용하여야 한다. 용기의 크기는 가로, 세로, 높이가 각각 30cm 이하이면 적당할 것 같다.

자연장은 유골의 골분, 흙 및 용기 외의 유품을 함께 묻지 않는 게 맞지 않을까. 사망자 및 연고자의 이름 등을 기록한 표지를 설치할 수 있는데 자그만하게 하는 것이 바람직하지 않을까. 수목장림은 산림보호를 위하여 수목 한 그루당 두 분 정도의 골분을 묻으면 적당하지 않을까 싶다.

'사람은 소나무 밑에서 태어나 소나무와 더불어 살다

가 소나무 밑으로 돌아간다.' '사람은 흙에서 태어나 흙과 더불어 살다가 흙으로 돌아간다.'라는 말이 있다. 자연과 함께 살다가 자연으로 돌아가는 게 사람의 일생이 아닐까.

자연장의 주변에는 아름다운 숲으로 둘러싸여 있고 고요하며 산새소리 바람소리를 들을 수 있는 아름다운 곳이다. 수목장 문화는 사용 면적이 적고 석물이 없어 아주 경제적이다. 후손들의 묘소관리에도 편리하지 않을까 싶다. 자연 훼손이 없는 장례문화가 정착되었으면 한다.

수연의 종류는 어떤 것이 있을까

아랫사람이 태어난 날은 생일(生日)이라 하고, 윗사람의 생일은 생신(生辰)이라 한다.

수연(壽宴, 壽筵)이란 어른의 생신에 자식(子息)들이 상을 차리고 술을 올리며 오래 사시기를 바라는 의식(儀式)이다. 자식이 있으면 누구든지 수연을 행할 수 있는 것이다. 그러나 사회활동을 하는 아들이 부모를 위해 수연의식을 행하려면 아무래도 어른의 연세가 60세는 되어야 할 것이므로 이름 있는 생일은 60세부터이고, 종류를 살펴보면 다음과 같다.

① 60세 생신을 육순(六旬)이라 한다. 육순이란 10년
   [旬: 열흘 순, 십년 순]이 여섯[六]이란 말이고 60갑자

를 모두 누리는 마지막 해의 나이다.

② 61세 생신을 회갑(回甲), 환갑(還甲), 갑연(甲宴), 화갑(華甲:10이 여섯, 1이 하나)이라 하고, 이는 수연(壽宴) 중에서 대표적 의례이다. 60갑자를 다 지내고 태어난 해의 간지(干支)가 다시 돌아왔다는 뜻이다.

③ 62세 생신을 진갑(進甲·陳甲)이라 하며 다시 60갑자가 펼쳐져 진행된다는 의미이다.

④ 66세 생신을 미수(美壽)라 한다. 이는 미(美) 자를 파자(破字)해 보면 六十六이 된다. 六十六을 뒤집어쓰고 바로 쓴 자(字)이어서 그렇게 이름 붙인 것이다. 모든 사회활동이 성취되어 은퇴하는 나이이면서도 아직 여력이 있으니 참으로 아름다운 나이이므로 '미수(美壽)'라 한다.

⑤ 70세 생신을 칠순(七旬), 고희(古稀), 또는 희수(稀壽)라 한다. 당(唐)의 두보(杜甫)의 시(詩)에 '사람이 70세까지 사는 것은 드문 일'이란 뜻의 '인생칠십고래희(人生七十古來稀)'라는 구절에서 '고희(古稀)'라는

말이 나왔는데 그런 뜻에서 고희란 '어른이 너무 오래 살았다'는 의미가 되어 자손으로서는 사용하기 거북한 표현이고, 자식들은 열이 일곱이란 뜻인 '칠순(七旬)'이라는 말을 쓰는 것이 바람직하다. '종심(從心)'은 뜻대로 하여도 도리에 어긋나지 않는 나이라는 뜻으로 70세를 비유적으로 일컫는 말이다.

⑥ 77세 생신을 희수(喜壽)라 한다. '희(喜)' 자를 초서로 쓰면 '七十七' 🖋과 비슷한 획 모양이 보인다는 데서 유래한다.

⑦ 80세 생신을 팔순(八旬) 또는 산수(傘壽)라 한다. 팔순은 열이 여덟이라는 뜻이고, 산수(傘壽)의 산(傘) 자를 팔(八)과 십(十)을 합한 자로 보아 표현한 것이다. 80세를 질수(耋壽)라고도 한다. 질(耋 : 80세 질, 늙은이 질)

⑧ 81세 생신을 반수(半壽)라 한다. '半' 자를 파자하면 '八十一'과 비슷한 획이 보인 데서 붙여진 이름이다.

⑨ 88세 생신을 미수(米壽)라 한다. 미(米) 자를 상하로

뒤집으면 '八十八'과 비슷한 획이 보인 데서 붙여진 이름이다.

* 벼를 재배하는 데 88번 손이 가고, 88일 만에 쌀이 생산된다는 이야기도 있다.

⑩ 90세 생신을 구순(九旬) 또는 졸수(卒壽)라 한다. '졸(卒)' 자를 초서로 쓰면 '九十 卆'이라 쓰여지는 데서 나온 말이며 '卒'이란 '끝나다' '마치다'의 뜻이므로 '그만 살라'는 의미가 되어 자손으로서는 말하기 거북한 용어이고, 열이 아홉이란 뜻의 '구순(九旬)'이 무난하다. 90세를 모수(耄壽)라고도 한다. (耄모:구십세 모, 늙은이 모)

⑪ 91세 생신을 '백수를 바라본다.'고 망백(望白)이라 한다.

⑫ 99세 생신을 백수(白壽)라 한다. '백(白)' 자는 '백(百)'에서 한 획이 빠진 글자이기 때문에 99로 풀이해서 말하는 것이다. (100-1=99)

⑬ 100세 생신은 백수(百壽), 기수(期壽), 상수(上壽), 기

이(期頤) 등으로 표현이 다양하다. 기수(期壽)란 100년을 '1세기(世期)'라고 하는 뜻이고, 선광(善光)이라고 하여 은혜에 감사히 여겨 먹이고 입히고 대소변도 처리해준다는 뜻이다. 善光은 은혜에 감사히 여김. [善(옳게 여길 선) 光(은혜 광)]. 상수(上壽)는 나이가 100세 이상 된 노인 또는 나이가 썩 많은 사람. 기이(期頤)는 100살의 나이이며 공양을 받아야 할 나이이다.

⑭ 125세 생신을 천수(天壽)라 한다. '천수를 누렸다.' 함은 125세 까지 살았다는 말로 인간 생명의 생물학적 한계선이다.

* 인간이 육체적으로 최고조에 이르는 시기는 20~25세로 보는 것이 일반적이다. 동물학자들이 포유류를 연구관찰한 바에 의하면 모든 동물은 신진대사가 가장 활발한 시점에 도달하는 시간의 다섯 배를 산다고 한다. 그 이론을 인간에게 적용하면 인간의 수명은 100~125($25 \times 5 = 125$)세가 된다.

⑮ 140세 생신은 만수(萬壽:오래오래 삶)

⑯ 150세 생신은 무량수(無量壽: 한량이 없는 수명)라
   한다.

   생신이나 아이들 생일 날짜는 앞당기기는 하더라도
늦추지는 않는다. 수연 잔치를 할 적에 모든 자손이 남
자는 재배(再拜), 여자는 4배를 한다. 절 받는 어른이 1
배하라고 하면 줄일 수도 있다.

   불과 몇십 년 전만 하여도 회갑의 의미는 컸다. 60세
를 넘게 산다는 것은 쉽지 않았던 것이다. 그래서 이 날
에는 성대한 잔치를 벌이기도 하였다. 또는 회갑이 액년
(厄年)이라고 생신날 조용히 그냥 넘어가는 경우도 많
았다. 지금은 장수 시대라 아예 회갑 칠순은 그냥 슬쩍
넘어간다. 회갑 칠순 때는 외국 여행을 다녀오기도 하고
또는 지역사회 발전에 협조하고자 기부금(寄附金)을 내
는 아름다운 모습을 볼 때도 있다.

   이제 100세 시대가 지척에 있다. 이 한 몸 자식들에
게 짐이 되지 않는 삶을 살도록 노력해야 되지 않을까
싶다.

참고 문헌 (가나다 순)

· 金得中, 『실천예절개론』, 교문사
· 김대식, 『예절 이야기』, 하나로
· 金鎭緒, 『四禮正解』
· 生活禮節, 『茗田茶室』
· 薛宗潤, 『世와 代는 同義語』
· 成均館儒道會大邱市本部, 『생활예절과 가정의례』, 도서출판 동방
· 呂增東, 『韓國家庭言語』, 時事文化社
· 李東厚, 『霞洞常變(通·冠·婚禮)』, 陶山傳統禮節院, 동방
· 李東厚, 『常變略攷(冠婚喪祭禮)』, 한빛
· 李茂永, 『예절바른 우리말 호칭』, 여강출판사
· 李茂永, 『한국가정의례』, 한국예절대학
· 李茂永, 『한국인의 생활예절』, 한국예절대학
· 『한글+한자문화』, 서예문인화
· 『사진(寫眞)으로 보는 家庭儀禮』, 朝鮮日報社

현장에서 가르치는
손세현의 예절 강의

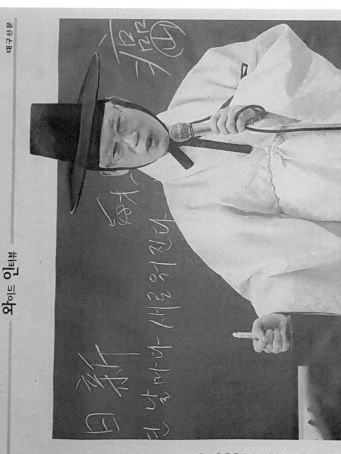

대구 사구역 요은서당 요은처럼 문하하고 있는 손계현씨 훈장이 서당 서실 문감과 함께 초등학교와 딴곳과 함께 아이들 위해 일락적 순락을 넓고 있다.

백현규 기자

화제의 인물

요은서당손 계 현 훈장

아프리카 속담에 '한 아이를 키우려면 온 마을이 필요하다'는 말이 있다. 아이를 올바르게 키우기 위해서는 부모와 형제도 물론 친지, 이웃 등 주변 사람들이 모두 아이에게 관심을 기울이고 애정을 쏟아야 한다는 뜻이다.

하지만 지금은 아랫가 한 아이가 아이에 따스한 품에서 벗어나는 순간부터, 서로 몸에 한 번 안기기가 어렵다. 그 동안에 매우 시대를 아이는 어린이가 예전다. 그 동안에 매우 시대를 아이는 어린이가 예전다. 학교에 들어가서부터는 온갖 학원을 다니며 교육 을 받는다.

아이들은 어릴 때부터 교육기관을 전전한다. 오늘 날의 부모들은 먼저 자녀를 키우려면 소박한 마음 맞 는 교육기관이 필요하다는 문장을 내려에 버린 행동 하는 모에다. 오랜 옛날 우리의 문화도 어느라마 아는 그 아빠로써 한 아이들을 키우기 위해 온 마음의 함께 들을 고르고 싶다. 그래나 지금 우리에게는 교육 반 일고, 혼이 음 사라졌다.

요은 서당(書堂) 훈장은 대구 사구에서 20년째 서 당을 운영하며 아이들을 훈계하고 있다. 반듯 그네 만 아이들에게 자신을 전체하는 것보다는 등영이나 인 성을 강화라는 데 수시하다는 손 훈장의 말을 듣는 것 그동안 오랜 우리 수업들에서 화제에 속화

자율방범대장 훈장이 되다

꿈없이 배우고 아침없이 나누다

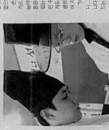

180

예절연구원에게 예절 강의

초등학교 학생들에게 인성 교육

기제사시 부복(俯伏)하고 있는 장면

주례를 맡아 덕담을 하고 있는 필자

전통혼례식 후 함께 기념촬영

어린이집에서 세배예절 지도

초등학교 세바에절 교육

다문화가정 새댁들에게 추석 차례상 차리기 교육

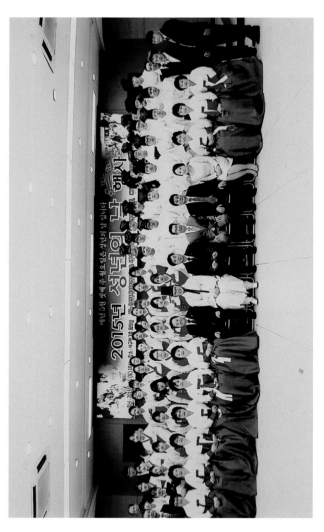

2015년 섬냐의 날 행사후